El Jardín Secreto

Frances Hodgson Burnett

Publicado por
GOLDEN BOOKMARK PUBLISHING

Correo electrónico: goldenbookmarkpublishing@gmail.com

Para obtener más detalles o consultas, comuníquese con el editor al correo electrónico anterior.

Publicado por primera vez por GOLDEN BOOKMARK PUBLISHING en 2025

Golden Bookmark

Contents

I

No ha quedado nadie

CUANDO Mary Lennox se fue a vivir con su tío a Misselthwaite Manor, todos decían que era una niña de aspecto muy desagradable; y era cierto. En su cara delgada se reflejaba una expresión amarga. Su cuerpo era flaco y pequeño; su pelo, de color amarillo, era fino y escaso; su rostro era también pálido, quizás porque había nacido en la India, en donde, por una razón u otra, enfermaba continuamente.

Su padre había sido empleado del gobierno inglés y sus obligaciones eran innumerables. Su madre, una mujer de gran belleza, sólo se preocupaba de asistir a las más alegres fiestas. Ella no quería tener una niña; por eso, cuando Mary nació, la entregó al cuidado de una aya a quien dio a entender que, para servir bien a la Mem Sahib[**1**] debía mantenerla alejada de su presencia.

Así, esta niña irritable, débil y feúcha estuvo siempre lejos de su madre. Ella sólo recordaba haber visto a su alrededor las caras morenas de su aya y de los demás sirvientes hindúes. Estos, para que no llorara o molestara a la Mem Sahib, la obedecían y le daban gusto en todo. De esta manera, al cumplir los seis años, Mary se había convertido en un ser tiránico y egoísta. La joven institutriz inglesa contratada para enseñarle a leer y escribir le tomó tal antipatía que a los tres meses dejó su trabajo. Otro tanto ocurrió con las institutrices que la sucedieron, y si a Mary no le hubiera interesado verdaderamente saber lo que contenían los libros, ni siquiera habría aprendido a leer.

Tenía casi nueve años cuando una mañana de intenso calor la niña despertó muy malhumorada. Se enfadó aun más al ver a su lado a una sirvienta que no era su aya.

—¿Por qué has venido? —preguntó—. Yo no quiero que te quedes. Envíame a mi aya.

La mujer, que se veía asustada, sólo atinó a tartamudear que su aya no podía acudir. Mary se enfureció de tal manera que la sirvienta, cada vez más atemorizada, sólo atinaba a repetir que el aya no podía cuidar a la Missie Sahib[**2**].

Esa mañana parecía haber algo misterioso en el aire y nada era como de costumbre. Varios empleados habían desaparecido y aquellos a quienes Mary divisó se escabullían o corrían con caras cenicientas y asustadas. Pero nadie dijo nada a la niña acerca de lo que sucedía y tampoco su aya fue a verla. A medida que avanzaba la mañana, Mary se sentía cada vez más sola; se dirigió al jardín y comenzó a jugar bajo un árbol cerca de la casa.

Mientras fingía hacer pequeños ramos de hibiscos rojos, su enojo se fue intensificando, al mismo tiempo que murmuraba por lo bajo todas aquellas palabras y nombres desagradables que diría a su aya en cuanto volviera.

De pronto, escuchó a su madre. Ella había salido al corredor y hablaba con voz extraña a un joven que más parecía un muchacho. Mary sabía que era un oficial recién llegado de Inglaterra. La niña los observó fijamente, en particular a su madre, a quien siempre admiraba cuando tenía la oportunidad, puesto que la Mem Sahib –Mary a menudo la llamaba así– era una mujer alta, delgada y muy hermosa, de grandes y sonrientes ojos. Sus finas ropas parecían flotar y a Mary le hacía el efecto que siempre estaban cubiertas de encajes. Pero esa mañana sus ojos no sonreían; al contrario, se veían grandes y asustados mientras, con expresión implorante, se alzaban hacia el joven oficial a quien habló con voz trémula:

–¿De verdad, es tan seria la situación? –la oyó decir Mary.

–Muy grave –contestó el joven–. Terrible, señora Lennox. Hace dos semanas que usted debería haberse dirigido a las montañas.

La Mem Sahib se retorció las manos.

–¡Ya sé que lo debiera haber hecho! –exclamó–. Sólo me quedé para asistir a esa estúpida fiesta. ¡Qué tonta fui!

En ese momento se escuchó un fuerte y prolongado lamento que provenía de las habitaciones de los sirvientes. Mary empezó a temblar de la cabeza a los pies.

–¿Qué pasa? ¿Qué sucede? –preguntó la señora Lennox.

–Alguien ha muerto –respondió el joven–. Usted no me dijo que había estallado entre sus sirvientes.

–¡No lo sabía! –gritó la Mem Sahib–. ¡Venga conmigo! ¡Venga! –dijo, y corrió hacia el interior de la casa.

A partir de ese momento los hechos se sucedieron en forma terrible y, por fin, Mary comprendió el misterio de la mañana. Se había declarado una violenta epidemia de cólera y las personas morían por cientos. El aya se había indispuesto durante la noche y su muerte fue la causa del lamento de los sirvientes. Antes de finalizar el día, fallecieron otros empleados, y los que aún quedaban vivos huyeron presas del terror. El pánico se extendió por la ciudad porque en casi todos los hogares había víctimas de la enfermedad.

En medio de la confusión y el desconcierto del día siguiente, Mary se escondió en su habitación. Como nadie se acordó de ella, quedó en la más completa ignorancia de los graves sucesos que ocurrían en la casa. Durante muchas horas estuvo sola y a intervalos durmió y lloró. Únicamente sabía que había muchos enfermos y hasta ella llegaban misteriosos y extraños sonidos. En un momento se deslizó hasta el desierto comedor en donde quedaban restos de comida. El desorden de las sillas y platos indicaba que, por alguna razón, alguien los había empujado al levantarse de improviso. La niña comió algunas frutas y galletas y, como tenía sed, bebió un vaso de vino dulce que estaba allí, a medio consumir. Luego, sintiéndose adormecida, volvió a encerrarse en su dormitorio. Los gritos que oía a lo lejos y el ruido de pasos precipitados la asustaban, pero el vino le provocó tanto sueño que pronto ya no pudo mantener los ojos abiertos. Se recostó y por largas horas durmió profundamente sin saber lo que pasaba a su alrededor.

Cuando despertó, se quedó tendida mirando hacia la pared. El silencio era absoluto. No se escuchaban voces ni pasos. Mary pensó que quizás los enfermos se habrían mejorado y todos los problemas estaban ya solucionados. Se preguntó entonces quién cuidaría de ella ahora que su aya había muerto. Probablemente le buscarían otra. No lloró, pues no era una niña afectiva y jamás se preocupaba de los demás. Pero estaba asustada y también resentida porque nadie se acordaba de su existencia. Sin embargo, pensaba, si habían mejorado seguramente alguien la recordaría y volvería a buscarla.

Pero no llegó nadie y mientras seguía tendida en su cama, la casa parecía cada vez más silenciosa. Repentinamente escuchó algo que se arrastraba bajo la estera. Se dio vuelta y vio deslizarse una pequeña serpiente que la observaba con ojos que parecían joyas. Mary no se asustó pues sabía que ese pequeño animal no le haría daño. Al contrario, más bien parecía querer salir cuanto antes de la habitación. Y, en efecto, poco después se deslizó bajo la puerta y desapareció de su vista.

"¡Qué extraño y silencioso está todo! –se dijo–. Es como si en la casa no hubiera nadie más que la serpiente y yo"

Casi al mismo tiempo escuchó unos pasos que se acercaban. Eran pasos de hombres que entraban en la casa hablando en voz baja. Nadie salió a recibirlos y parecía que ellos mismos abrían puertas y las volvían a cerrar.

–¡Qué desolación! –oyó decir Mary–. ¡Y esa preciosa mujer! Supongo que la niña también, pues oí decir que había una niña, a pesar de que nadie la conoce.

Cuando unos minutos más tarde abrieron la puerta de la habitación de Mary, ella se encontraba de pie. Los dos hombres vieron a una pequeña y fea niña con el entrecejo fruncido porque estaba empezando a tener hambre y a sentirse abandonada. Uno de los primeros en descubrirla fue un oficial a quien Mary había visto en compañía de su padre. Parecía cansado y preocupado, mas, al verla, se sorprendió de tal manera que dio un salto hacia atrás.

–¡Barney! –gritó–. ¡Que Dios nos ampare! ¡En un lugar como éste hay una niña! ¿Quién eres?

–Soy Mary Lennox –dijo la niña, enderezándose. Ella pensó que el hombre era muy mal educado al llamar la casa de su padre "¡un lugar como éste!"–. Me quedé dormida cuando se enfermaron de cólera y recién he despertado. ¿Por qué no vinieron a buscarme?

–¡Es la niña que nadie conocía! –exclamó el hombre volviéndose a sus compañeros–. ¡Se olvidaron de ella!

–¿Por qué se olvidaron de mí? –preguntó Mary golpeando el suelo con el pie–. ¿Por qué no viene alguien?

El joven llamado Barney la miró con pena y Mary pensó que había parpadeado como para librarse de una lágrima.

–¡Pobre pequeñita! –exclamó–. No ha quedado nadie que pueda venir.

De esta extraña y repentina manera, Mary descubrió que ya no tenía padre ni madre. Habían muerto durante la noche y los habían sacado rápidamente de la casa. Los sirvientes que sobrevivieron abandonaron el lugar sin acordarse para nada de la existencia de la Missie Sahib. Esta era la razón por la cual la casa parecía tan quieta. Era verdad que allí no se encontraban más que Mary y la serpiente.

II

Mary parte a Inglaterra

Como Mary apenas conocía a su madre, era difícil que le tuviera mucho cariño; y ahora que ella no existía, no le hacía falta. Seguramente una niña mayor se habría inquietado al quedar sola, pero Mary era muy pequeña. Además, estaba acostumbrada a tener a su alrededor personas que cuidaban de ella y dio por descontado que continuarían haciéndolo. Como era una niña ensimismada, al encontrarse sin familia centró más que nunca su interés en su propia persona. Su mayor preocupación era saber si en la casa en la que iría a vivir encontraría gente amable que le diera todo lo que ella pidiera, como sucedía en tiempos de su aya y de los sirvientes hindúes.

Desde un comienzo, ella supo que su estancia en casa del pastor inglés, adonde la habían conducido, sería corta. No le gustó el lugar. El pastor era pobre y tenía cinco hijos más o menos de la misma edad que peleaban continuamente entre sí. Además, Mary odiaba el desorden que había en la casa. Se comportó en forma tan desagradable que, a los dos días, los niños ya no querían jugar con ella.

Al finalizar la semana, uno de los niños le dijo que había escuchado a sus padres decir que la llevarían a Inglaterra a casa de su tío Archibald Craven. La noticia la alegró, a pesar de que no sabía nada acerca de él.

—Mis padres dicen que vive en una enorme y desolada casa de campo —dijo el niño—. No recibe visitas y tampoco quiere ver a nadie. Es un jorobado horrible.

—No lo creo —respondió Mary; le volvió la espalda y se tapó los oídos para no escuchar nada más sobre el asunto.

En los días que siguieron ella pensó mucho en su futuro en casa de su tío. Sin embargo, el día en que le anunciaron que navegaría a Inglaterra, fingió no interesarse por lo que decían. Su actitud desconcertó a la familia del pastor. La señora procuró mostrarse cariñosa con la niña e incluso quiso darle un beso de despedida, pero Mary le quitó la cara.

Es probable que si sus padres se hubieran interesado en ella, Mary habría aprendido a comportarse con quienes la rodeaban. Pero la indiferencia con que siempre la trataron y el mismo hecho de que muchas personas ni siquiera conocieran su existencia habían marcado su carácter.

Mary efectuó la larga travesía hasta Inglaterra al cuidado de una señora inglesa que llevaba a sus hijos al colegio. En Londres la esperaba la señora Medlock, ama de llaves del señor Craven, en cuya compañía haría el viaje hacia el campo. La señora Medlock era una mujer corpulenta, de mejillas rojas y vivos ojos negros. A Mary no le simpatizó, lo que no era de extrañar, porque en general no le gustaba ninguna persona. A su vez, al ama de llaves tampoco le entusiasmó la niña.

Entretanto Mary sentía enorme curiosidad por saber detalles acerca de su tío y sobre la casa adonde se dirigían. ¿Qué clase de lugar sería? ¿Le gustaría? ¿Qué era ser jorobado? Ella no conocía a ninguno o quizás no existían en la India.

Desde que Mary vivía en casas ajenas y no contaba con su aya, se sentía muy sola. A menudo le venían a la mente preguntas que antes nunca se le habían ocurrido. Se preguntaba por qué, a diferencia de otros niños, sus padres jamás le habían demostrado cariño. Sólo contaba con los sirvientes, comida y vestidos, pero a nadie le importaba ella.

Al subir al tren que las llevaría al campo, Mary se sentó en una esquina del compartimiento con expresión aburrida y preocupada. No tenía nada para leer, por lo que juntó sus pequeñas y enguantadas manos sobre la falda. Su vestido negro la hacía verse aun más amarilla que de costumbre y su pelo claro sobresalía flácido bajo su negro sombrero.

"Pocas veces he visto a una niña de aspecto tan malhumorado", pensó la señora Medlock. Ella no estaba acostumbrada a ver que niñas de la edad de Mary se sentaran rígidas y quietas sin hacer nada. Al fin, cansada de observarla, el ama de llaves habló con voz dura, pero animadamente.

—Supongo que debo prevenirla —dijo—. La llevo a un lugar bastante extraño.

Mary no contestó y la señora Medlock se desconcertó ante la aparente indiferencia que demostraba la niña. Luego de una pausa, continuó:

—En cierto modo es un lugar grandioso, pero deprimente. El señor Craven está muy orgulloso de su propiedad y la quiere aunque de una manera más bien melancólica. La casa, situada al borde del páramo, fue construida hace seiscientos años. Tiene cerca de cien habitaciones, aunque la mayoría está cerrada con llave. Hay valiosas pinturas y hermosos muebles antiguos que han estado allí por años. A su alrededor se extiende un enorme parque con flores y árboles cuyas ramas en ocasiones rozan la tierra.

La señora Medlock hizo una pausa y repentinamente dijo:

—Pero no hay nada más.

Sin querer, Mary había escuchado. La descripción de la casa le interesó, puesto que difería de todo cuanto ella había conocido hasta el momento. Además, lo nuevo siempre la atraía. Pero no quiso demostrar el interés que sentía y continuó muy quieta. Su aparente indiferencia era una de las características más desagradables de su temperamento.

—Bueno —dijo la señora Medlock—. ¿Qué le parece?

—No lo sé —contestó la niña—. No conozco esa clase de lugares.

La explicación hizo reír a la vieja señora.

—¡Por favor! —exclamó—. Parece el comentario de una persona mayor. ¿Es que no le interesa?

—La verdad es que no importa si me interesa o no —dijo Mary.

—Tiene razón —repuso la señora Medlock—. No entiendo por qué la han traído a vivir a Misselthwaite Manor, a no ser que para el señor Craven sea la solución más sencilla. El no se molestará por usted, se lo aseguro; jamás se ha incomodado por nadie.

Repentinamente se detuvo como si recordara algo que no debía mencionar.

—Él tiene la espalda torcida —dijo, finalmente—. Eso hizo de él un joven amargado, a pesar de su dinero y de su enorme casa. Sólo cambió cuando se casó.

Aun cuando Mary no quería demostrar interés por lo que la señora Medlock le contaba, la miró con sorpresa. Jamás pensó que el jorobado fuera casado. Al advertir su mirada de atención, el ama de llaves continuó su relato. A ella le gustaba hablar y ésta era una buena manera de acortar el trayecto.

—Era una dulce y preciosa mujer y él estaba dispuesto a hacer cualquier cosa por ella. Nadie creyó que esa joven se casaría con él, pero lo hizo. Incluso hubo personas que pensaban que se casaba por su dinero, pero yo estoy segura de que no fue así. Cuando ella murió...

Mary dio un salto involuntario.

—¡Ah, falleció! —exclamó sin quererlo. En ese momento la niña recordó un cuento que había leído. Este trataba de un pobre jorobado y de una princesa, por lo que Mary sintió mucha pena por el señor Craven.

—Sí, murió —contestó la señora Medlock—. La muerte de su esposa lo convirtió en un hombre muy extraño. Ahora no le interesan las personas, ni quiere ver a nadie. Se pasa la mayor parte del tiempo viajando, y cuando está en Misselthwaite se encierra en el ala oeste de la casa y no deja entrar más que al viejo Pitcher, quien lo cuidó de niño y conoce su manera de ser.

Parecía una historia salida de un libro y la niña quedó muy deprimida. La perspectiva de vivir en casa de su tío habría sido más alentadora si la hermosa señora aún viviera.

—No espere ver al señor Craven, porque le apuesto diez a uno que no lo verá —continuó la señora Medlock—. Tampoco confíe en que encontrará personas con quienes hablar. Tendrá que jugar sola. Se le indicarán las habitaciones a las que puede entrar, pero el jardín es suficientemente grande para usted. Además, no podrá deambular ni husmear dentro de la casa, el señor Craven no lo aceptará.

—Yo no tengo intenciones de husmear —dijo la pequeña Mary con amargura. En un momento determinado había sentido compasión por su tío, pero ante las explicaciones del ama de llaves dejó de tenerle lástima y pensó que bien se merecía lo que le había sucedido.

Resentida, dio vuelta la cara hacia la ventanilla del tren sobre la cual azotaba una lluvia gris. Ante sus ojos, el paisaje se volvía cada vez más obscuro, y al observarlo fijamente, sus ojos se fueron cerrando hasta que se quedó dormida.

III

A través del paramo

Mary durmió largamente y sólo despertó en el momento en que la señora Medlock le ofrecía pollo, carne fría, pan y mantequilla que había comprado en una de las estaciones. Poco después, la niña volvió a dormirse en su rincón, arrullada por el monótono caer de la lluvia que golpeaba contra el vidrio.

Ya empezaba a obscurecer y el tren se había detenido cuando sintió que el ama de llaves la remecía.

—Despierte —dijo—. Ya es hora de que abra los ojos. Estamos en la estación de Thwaite y debemos bajar del tren, aunque todavía tenemos un largo trayecto por recorrer.

La estación era pequeña y al parecer ellas fueron las únicas pasajeras que descendieron. El jefe de la estación se acercó amablemente a saludarlas y les dijo:

—El carruaje las está esperando.

Frente a la plataforma las aguardaba una berlina. A Mary le gustó mucho el carruaje, lo mismo que el elegante criado que la ayudó a subir y que, luego de cerrar la puerta, se situó junto al cochero. A la niña también le agradó el confortable y acolchado asiento, pero, como no quería volver a dormir, prefirió mirar por la ventana, ansiosa de observar el camino que la llevaría hasta ese extraño lugar al cual se dirigían. El ama de llaves se había quedado silenciosa. Aun cuando no era tímida y no estaba asustada, Mary sentía cierta aprensión ante lo que podía sucederle en una casa situada al borde del páramo y con cien habitaciones, la mayoría bajo llave.

Repentinamente le preguntó a su acompañante.

—¿Qué es un páramo?

—Si en diez minutos más mira por la ventana lo verá —contestó la mujer—. Antes de llegar a la casa tenemos que recorrer una cinco millas a través del páramo de Missel. Sin embargo, para ese entonces, estará obscuro y no podrá apreciarlo con claridad, pero algo logrará ver.

La niña no hizo más preguntas. En la obscuridad de su rincón esperó ansiosamente sin despegar los ojos de la ventana. A través de ella sólo podía vislumbrar ciertos detalles del camino con los rayos de luz que proyectaban los faroles colocados a ambos lados del carruaje. Luego de abandonar la estación, habían cruzado un pequeño pueblo de casas blanqueadas, en el que se distinguían las luces de la taberna. Pronto pasaron frente a la iglesia y la casa parroquial y cruzaron una o dos tiendas cuyos escaparates exhibían juguetes, dulces y una gran variedad de artículos. Al dejar el pueblo, se encontraron en la carretera a cuyos lados sólo se veían setos y árboles. Nada más despertó el interés de Mary durante el trayecto que le pareció muy largo.

Súbitamente, los caballos cambiaron de paso. Ahora marchaban con lentitud, como si fueran subiendo un cerro. Poco después, incluso los setos y los árboles desaparecieron de la vista. Como Mary no percibía nada, excepto la densa obscuridad que la rodeaba, se inclinó hacia adelante presionando su cara contra el vidrio. En ese momento, el carruaje se sacudió.

–¡Eh! Seguro que ya llegamos al páramo –dijo la señora Medlock.

Los faroles del carruaje alumbraban con una luz amarillenta el áspero camino que parecía haber sido abierto entre matorrales y pequeños arbustos, y que su superficie se extendiera hacia el infinito. Mientras tanto, el viento soplaba produciendo un sonido salvaje e impetuoso.

–Esto no es el mar, ¿verdad? –dijo Mary, volviéndose hacia su compañera.

–No, no lo es –contestó el ama de llaves–. Ni es campo, ni montañas; sólo millas y millas de tierra yerma en la cual nada crece, excepto el brezo, el tojo y la retama. Aquí viven sólo algunos mampatos y ovejas.

–Siento una sensación como si estuviera en medio del mar; al menos suena como si lo fuera –dijo Mary.

–Es el viento que sopla a través de los matorrales –dijo la señora Medlock–. A mí me parece salvaje y monótono, pero para muchas personas este lugar es muy hermoso, especialmente cuando florece el brezo.

Por largo tiempo siguieron su camino en medio de la obscuridad y aunque la lluvia se detuvo, alrededor del carruaje silbaban ráfagas de viento que producían extraños sonidos. El camino subía y bajaba y en varias ocasiones el coche cruzó pequeños puentes bajo los cuales corría el agua vertiginosamente. Mary tenía la impresión de que el camino no terminaría nunca, y que el ancho y desolado páramo era un extenso océano que cruzaban a través de una seca franja de tierra.

–No me gusta. De verdad no me gusta –se dijo, apretando firmemente sus delgados labios.

Al fin, después de subir una pequeña loma, atisbaron una luz. El ama de llaves suspiró profundamente con alivio.

Poco más tarde, el carruaje traspasaba las rejas del parque; pero aún quedaban dos millas por recorrer antes de llegar a la casa. El camino de entrada estaba bordeado de altos árboles cuyas ramas se entrecruzaban en la cima y daban la impresión de una larga bóveda.

Al salir de esa obscura avenida se encontraron en un gran espacio abierto. El coche se detuvo frente a una inmensa casa no muy alta, que parecía extenderse alrededor de un patio de piedra. En un comienzo, Mary pensó que la casa estaba a obscuras, pero, al bajar del carruaje, divisó una pequeña luz en una ventana del segundo piso.

La gran puerta de entrada estaba formada por curiosos y macizos paneles de roble adornados con enormes clavos y rematados de barras de fierro. Penetraron al vestíbulo.

Una débil luz daba una sensación irreal a los rostros de los retratos que colgaban de la pared y a las armaduras que lo adornaban. Mary prefirió no mirarlos. De pie sobre el suelo de piedra, la niña se veía más pequeña y exigua que nunca y ella, por su parte, se sentía perdida e insignificante.

Un hombre pulcro y delgado esperaba cerca del empleado que les abrió la puerta.

–Deberá llevarla a su habitación –dijo con voz ronca a la señora Medlock–. El no quiere verla, porque parte mañana a Londres.

–Muy bien, señor Pitcher –contestó el ama de llaves–. Siempre puedo actuar bien cuando sé lo que se espera de mí.

–Lo que se espera de usted, señora Medlock –dijo el señor Pitcher–, es que trate de no molestar al señor y que él no tenga que mirar lo que no quiere ver.

Luego de estas palabras, Mary Lennox fue llevada al segundo piso a través de una ancha escala. Después de recorrer un largo pasadizo, subir unos peldaños y atravesar varios corredores, llegó ante una puerta abierta. Adentro la esperaban el fuego encendido y la cena servida sobre la mesa.

El ama de llaves le dijo sin ningún miramiento:

–Bien, aquí la dejo. Esta habitación y la que sigue son el lugar donde usted vivirá. Y, ¡no olvide!, no debe moverse de ellas.

Así fue como Mary Lennox llegó a Misselthwaite Manor. Nunca en su vida se había sentido más contrariada.

IV

Martha

A la mañana siguiente, Mary despertó al escuchar el ruido que hacía una joven mucama al limpiar la parrilla de la chimenea. Por unos minutos la observó; luego inspeccionó la habitación. Jamás había visto un dormitorio tan tenebroso y raro. Las enormes paredes estaban cubiertas de tapicerías bordadas, en las que bajo los árboles se veían algunas personas fantásticamente vestidas y, al fondo, aparecían las torres de un castillo. Al mirarlas, Mary sintió la impresión de que ella también formaba parte de la escena. A través de la ventana vio un paisaje sin árboles que se extendía hacia lo alto y que parecía un mar violáceo e interminable.

—¿Qué es eso? —preguntó apuntando hacia la ventana.

Martha, la joven mucama, se enderezó y respondió:

—Es el páramo. ¿Le gusta?

—No —dijo Mary—. Lo odio.

—Eso le sucede porque no está acostumbrada a él —replicó Martha, volviendo a la parrilla—. Ahora le parece grande y desolado. Pero algún día le gustará.

—¿Le gusta a usted? —inquirió Mary.

—¡Oh, sí! Claro que me gusta —contestó Martha alegremente, mientras continuaba puliendo la parrilla—. ¡Me encanta! A mí no me parece desolado. Veo en él miles de cosas; además, tiene un perfume muy agradable. Es precioso en primavera, lo mismo en el verano cuando el brezo florece y huele a miel. Hay tanto aire fresco que el cielo se ve muy alto. Entretanto, las ovejas hacen travesuras saltando y cantando. ¡Por ningún motivo viviría lejos de aquí!

Mary la escuchaba perpleja. Los sirvientes en la India eran muy diferentes a Martha. Jamás hablaban así a sus amos. Se les ordenaba trabajar y jamás preguntaban el porqué. Ella nunca había dicho a un sirviente "por favor", ni tampoco "gracias"; además, acostumbraba maltratar a su aya. Ahora se preguntaba qué haría esta muchacha si ella la tratara así. Martha era una joven regordeta y sonrosada, con cara de buena persona; pero, al mismo tiempo, tenía aspecto decidido y era bien posible que no se dejara maltratar por una niña y que, incluso, le pegara si ella no se comportaba bien.

—Usted es una mucama muy rara —dijo Mary, altaneramente.

Riendo, sin perder su buen humor, Martha se sentó sobre los talones con la escobilla en la mano.

—¡Eh! Ya lo sé —dijo—. Si hubiera una señora en Misselthwaite, seguramente no se me habría permitido ser una de las mucamas. Sólo me habrían dado trabajo en el lavadero. Sé que no soy muy bien educada, pero esta casa tampoco es corriente. Con excepción del señor Pitcher y de la señora Medlock, nadie lleva las riendas de la casa. Al señor Craven no le interesa lo que sucede aquí y, además, generalmente está de viaje. Mi puesto se lo debo a la bondad de la señora Medlock.

—¿Va a ser mi mucama? —preguntó Mary, con la misma voz imperiosa que usaba en la India.

Martha siguió restregando la parrilla.

—Soy la mucama de la señora Medlock —dijo con firmeza—. Y ella, a su vez, lo es del señor Craven. Pero en algunas ocasiones seré su mucama, aunque estoy segura de que no necesitará demasiada ayuda.

—¿Pero quién me ayudará a vestirme? —preguntó Mary.

—¿Es que no puede vestirse sola? —dijo Martha mirándola fijamente.

—¡Por cierto que no! —contestó Mary indignada—. Jamás lo he hecho. Naturalmente, mi aya era quien me vestía.

—Bueno, ya es tiempo de que aprenda —dijo Martha sin darse cuenta de su insolencia—. No hay duda de que le hará muy bien. Mi mamá dice que algunos hijos de señores son tontos, porque tienen empleados que los bañan, los visten o los llevan de paseo, como si fueran títeres.

—Es diferente en la India —dijo Mary desdeñosamente, aunque casi no podía tolerar lo que oía.

Pero Martha no se abrumaba con facilidad.

—¡Eh!, no dudo de que debe ser diferente —contestó con simpatía—. Es probable que eso se deba a la enorme cantidad de gente de color que vive allí. Cuando supe que usted venía de la India, creí que era de color.

Mary se sentó furiosa en la cama.

—¡Qué! —exclamó—. ¿Pensó que yo era una nativa? ¡Hija de cerdos!

Martha la miró muy colorada.

—¿A quién cree que está insultando? —dijo—. Esta no es la forma como se comporta una señorita; además no debe molestarse por lo que he dicho. Créame, no tengo nada en contra de la gente de color, jamás he visto uno. Esta mañana, cuando entré a encender el fuego, me acerqué en puntillas a su cama y con cuidado levanté la sábana para mirarla bien. Ahí estaba usted tan blanca como yo, aunque su cara tiene un color bastante amarillo.

Mary ni siquiera trató de controlar su rabia y su humillación.

Estaba furiosa, pero se encontraba tan desamparada que, ante la sincera mirada de la mucama, se sintió de pronto horriblemente sola, lejos de todo lo que había sido su vida y de los que la conocían. Se tiró boca abajo sobre las almohadas y empezó a sollozar tan desesperadamente, que la buena Martha, un poco asustada y llena de compasión, se acercó a la cama y le dijo:

–¡Eh!, no llore. No me di cuenta de que la estaba disgustando. Tal como usted dijo, yo no sé nada de nada. Le pido perdón; pero, por favor, deje de llorar.

El tono amistoso y consolador de la joven mucama tuvo buen efecto. Al poco rato Mary dejó de llorar y se quedó quieta. Martha la miró con verdadero alivio.

–Ya es hora de levantarse –le dijo luego–. La señora Medlock me ordenó traerle la bandeja con su desayuno a la otra sala, que ha sido arreglada especialmente para usted. Ahora levántese y la ayudaré con los botones que, estoy segura, es lo único que no puede hacer sola.

Cuando por fin Mary decidió levantarse, observó que los vestidos que Martha sacó del ropero para ella no eran los que había usado al llegar.

–Esos no son mis vestidos –dijo–. Los míos son negros.

–Esta es la ropa que deberá ponerse –contestó Martha–. El señor Craven ordenó a la señora Medlock que la comprara en Londres. El no quiere verla de negro vagando como alma en pena por la casa, la que se vería aun más triste de lo que es. Mi madre, que siempre sabe lo que se debe hacer, opina que tiene toda la razón; a ella tampoco le gusta el negro.

–Yo también odio las cosas negras –dijo Mary.

Martha, acostumbrada a abotonar a sus hermanitas, jamás se había encontrado con una niña que se mantenía inmóvil para que la vistieran, como si no tuviera pies ni manos.

–¿Por qué no se pone usted misma los zapatos? –preguntó a Mary, cuando ella extendió el pie.

–Mi aya lo hacía –dijo Mary, mirándola fijamente–; ésa era la costumbre.

Continuamente usaba esas mismas palabras en la India, pues sabía que, al decirlas, se acababan las discusiones. Mas ahora se daba cuenta de que en Misselthwaite Manor le enseñarían nuevas cosas, como colocarse los zapatos y los calcetines, o levantar las prendas esparcidas por el suelo. Si Martha hubiera sido una mucama bien entrenada, probablemente habría asumido una actitud más sumisa y respetuosa y habría ayudado mucho más a la niña. Pero ella era sólo una rústica joven de la región de Yorkshire, educada en una cabaña con un enjambre de hermanos que aprendían desde muy jóvenes a cuidar de sí mismos. Por su parte, si Mary Lennox hubiera sido una niña dispuesta a entretenerse, habría reído de la soltura con que Martha hablaba de sus cosas. En cambio, la escuchaba muy sorprendida por las libertades que se tomaba. En un comienzo, no se interesó por la charla familiar y bondadosa de la joven; sólo gradualmente fue fijando en ella su atención.

—¡Si usted los viera! —decía Martha—. Somos doce, y mi padre gana dieciséis chelines a la semana. Mamá tiene que hacer milagros para dar a mis hermanos su plato de avena. Como ellos juegan y se revuelcan todo el día en el páramo, mamá dice que el aire los engorda y que comen pasto como los mampatos. Mi hermano Dickon tiene doce años y tiene su propio mampato.

—¿De dónde lo sacó? —preguntó Mary. —Lo encontró en el páramo. Cuando era pequeñito se hicieron amigos y ahora lo sigue e incluso deja que se suba sobre él. Dickon es muy amable con los animales y ellos lo quieren mucho.

Mary jamás había tenido un animal regalón, a pesar de que siempre quiso tener uno. Así, empezó a interesarse por Dickon como jamás se había interesado por nadie, y éste fue el comienzo de un sentimiento muy beneficioso para la niña. Al pasar a la habitación contigua para tomar el desayuno, vio que en la sala que, según Martha, habían transformado para ella, no había nada con lo que un niño pudiera entretenerse. De las paredes colgaban viejos y tenebrosos cuadros y alrededor había pesadas sillas de roble. Sobre la mesa, al centro de la sala, la esperaba un suculento desayuno; mas, como era una persona de escaso apetito, miró con indiferencia el plato que Martha le ofrecía.

—No quiero —dijo.

—¿Que no quiere su plato de avena? —preguntó incrédula Martha.

—No.

—Quiere decir que no sabe lo buena que es. Si lo desea, puede agregarle un poco de melaza o azúcar.

—No lo quiero —repitió Mary.

—¡Eh! —dijo la mucama—. No puedo permitir que se pierda la buena comida. Si mis hermanos estuvieran en su lugar, ya se la habrían comido.

—¿Por qué? —preguntó fríamente la niña.

—¡Por qué! —repitió Martha—. Porque casi nunca tienen sus estómagos llenos. Están siempre tan hambrientos como los jóvenes halcones o los zorros.

—Yo no sé lo que es tener hambre —dijo Mary, con la indiferencia que da la ignorancia.

Martha la miró indignada.

—¡Le haría muy bien saberlo! —dijo con claridad—. Yo no tengo paciencia con la gente que sólo se sienta y mira la buena comida. ¡Cómo me gustaría que Dickon o mis otros hermanos tuvieran esta rica avena en sus estómagos!

—¿Y por qué no se la lleva? —inquirió Mary.

—No es mía —respondió firmemente Martha—. Además, hoy no es mi día de salida. Voy a mi casa sólo una vez al mes. Entonces ayudo a mi mamá con la limpieza y así ella puede tener un día de descanso.

Mary tomó solamente un poco de té y comió una pequeña tostada con mermelada.

—Abríguese y salga a jugar afuera —le dijo Martha—. Le hará bien y volverá con apetito.

Mary se asomó a la ventana. Vio jardines, senderos y grandes árboles, pero el día estaba lóbrego y ventoso.

—¿Ir fuera? ¿Por qué debo salir en un día como éste?

—Bueno, si no quiere ir fuera, tendrá que quedarse aquí y no veo en qué podrá entretenerse.

La niña miró a su alrededor y reconoció que no había nada con qué jugar. Al preparar las habitaciones, la señora Medlock no pensó en buscar entretenciones para niños. Sin lugar a dudas era preferible salir afuera y ver el jardín. —¿Quién irá conmigo? —preguntó. Martha la quedó mirando.

—Tendrá que ir sola —contestó—. Pronto aprenderá a jugar como los niños que no tienen hermanos. Por ejemplo, Dickon pasa horas jugando a solas en el páramo. Así fue como se hizo amigo del mampato. También tiene una oveja que lo reconoce y pájaros que comen de su mano. Aunque tenga hambre, siempre aparta unas migas para sus regalones.

Sin darse cuenta, el oír mencionar a Dickon fue lo que decidió a Mary a salir. En el jardín habría pájaros, aun cuando no así mampatos ni ovejas. Pero los pájaros serían diferentes a los de la India y se entretendría mirándolos. Martha le entregó el abrigo, el sombrero y un par de botas resistentes y le indicó la forma de llegar a la planta baja y así poder salir al jardín.

—En verano hay flores, pero en este momento nada ha florecido —comentó la joven al enseñarle el jardín. Vaciló un momento y agregó—: Uno de los jardines está cerrado. En diez años, nadie ha entrado en él. Sin querer, Mary le preguntó:

—¿Por qué?... Otra puerta cerrada, además de las innumerables habitaciones de esta extraña casa.

—El señor Craven la mandó cerrar cuando su señora murió tan repentinamente. Era su jardín y él no quiso que nadie entrara nunca más en él. Ese día cavó un hoyo y enterró la llave. Ahora perdóneme, la señora Medlock me está llamando.

Al quedar a solas, Mary tomó el camino hacia los arbustos sin dejar de pensar en el jardín al que nadie podía entrar. Se preguntaba si aún quedarían flores vivas en él. Al poco rato de caminar encontró amplios prados y tortuosos senderos de bordes recortados. Había numerosos árboles, espacios vacíos y macizos de hojas perennes recortados en diversas formas. Vio también una gran pileta, en cuyo centro se encontraba una vieja fuente de la cual ya no manaba agua. Sin duda, éste no era el jardín prohibido. Pero, ¿cómo se podía impedir la entrada a un jardín?

Mientras pensaba en ello, vio al final del sendero algo que pareció una gran pared cubierta por una enredadera. Como Mary no conocía los jardines ingleses no sabía que se acercaba al huerto en donde se cultivan verduras y frutas.

Al fondo de la pared destacaba una puerta verde y, al atravesarla, Mary descubrió que se sucedían, uno tras otro, varios jardines amurallados en donde se cultivaban árboles frutales y verduras e, incluso, algunas de éstas bajo campanas de vidrio. A ella no le gustó el lugar, pero pensó que quizás cambiase de aspecto con el verdor del verano.

En ese momento, un hombre de edad con una pala al hombro atravesó la puerta. Miró muy sorprendido a la niña y se tocó la gorra a manera de saludo. Su expresión era arisca, como si no estuviera contento de verla. Ella, por su parte, al sentirse observada, adoptó su habitual expresión malhumorada.

—¿Qué lugar es éste? —preguntó.

—El huerto —contestó el viejo.

—¿Y qué es eso? —dijo Mary, apuntando hacia otra puerta verde.

—Otros huertos —contestó el hombre, de mala manera.

—¿Puedo entrar en ellos? —volvió a preguntar Mary.

—Si lo desea..., pero no hay nada que ver.

Mary no respondió. Continuó por el sendero cruzando varios jardines amurallados iguales al primero. Al fin encontró una puerta cerrada y, como no era tímida y hacía siempre lo que quería, la abrió con la esperanza de descubrir el jardín secreto. Se encontró en medio de más árboles frutales. Vio entonces que, por sobre la muralla, se divisaban las copas de algunos árboles, lo que daba la impresión de que existía otro jardín detrás del muro. Afanosamente recorrió el sendero que lo circundaba y buscó inútilmente una puerta. Se quedó quieta y observó las ramas de los árboles. Allí, posado en una de las más altas, había un pajarito de pecho colorado. Como si quisiera llamarla, repentinamente éste comenzó a cantar su canción de invierno.

Ella lo escuchó con atención y, por alguna razón, su amistoso y alegre silbido le produjo una gran felicidad. La casa de su tío, el raso páramo y los grandes y desolados jardines habían contribuido a que se sintiera más sola que de costumbre. Si Mary hubiera sido una niña querida por los seres que la rodeaban, probablemente las actuales circunstancias le habrían destrozado el corazón. Mas, como era una niña sin afectos, sólo la abrumaba la desolación. Por eso fue que el alegre canto del pajarito hizo aparecer una sonrisa en su agrio rostro. Se quedó escuchándolo hasta que voló y desapareció tras la muralla. Mary se preguntó si volvería a ver a ese pajarito que parecía vivir en el jardín misterioso.

Probablemente, la enorme curiosidad que sentía por ese jardín se debía a que no tenía otra cosa que hacer. Una y otra vez se preguntaba cuáles habían sido las razones para que su tío enterrara la llave. Tampoco entendía la relación que pudiera existir entre el amor tan grande por su mujer y ese odio al jardín que sintió cuando ella murió. A su vez, trataba de imaginar cuál sería su actitud cuando se encontrara por primera vez con su tío. Sabía que ella no sería de su agrado y probablemente a ella tampoco le agradaría él. Seguramente, el día que lo conociera, se quedaría muda frente a él, aunque deseara más que nada preguntarle por qué había actuado en forma tan extraña. Repentinamente recordó al pajarito posado sobre la rama del árbol.

"Estoy segura de que ese árbol pertenece al jardín secreto —se dijo—. Lo rodea una muralla y no existe puerta."

Con este pensamiento volvió donde el viejo jardinero que continuaba cavando. Se detuvo a su lado y lo observó con atención, pero él no se dio por aludido hasta que ella le habló.

—He estado en los otros jardines —dijo.

—Nadie se lo impide —contestó bruscamente el hombre.

—También fui al huerto —dijo Mary.

—Ahí no hay perro que la muerda.

—No existe una puerta hacia el otro jardín, volvió a decir Mary.

—¿Qué jardín? —preguntó el hombre con voz áspera, deteniendo un momento su trabajo.

—El que se encuentra al otro lado de la pared —contestó Mary—. Vi un pajarito de pecho rojo que cantaba posado en la copa de un árbol.

Para su sorpresa, la malhumorada fisonomía del viejo cambió de expresión. Una sonrisa, que se expandió por su cara, la hizo darse cuenta de cuánto más agradables eran las personas que sonreían. Ella nunca lo había pensado.

El jardinero se volvió hacia el huerto, silbando suavemente. Poco después sucedió algo maravilloso. Mary sintió el suave aleteo del pajarito volando hacia ellos hasta que se posó sobre la tierra, muy cerca del pie del jardinero.

—Aquí está —dijo el viejo riendo entre dientes; y, hablando al pájaro como si lo hiciera con un niño, le preguntó—: ¿Dónde has estado, bandido descarado? No te he visto en todo el día. ¿Es que estás cortejando, aunque todavía no ha llegado la estación?

El pajarito ladeó la cabeza y le miró con ojos tan brillantes como las negras gotas de rocío. La manera como lo trataba el viejo le parecía familiar y no sentía miedo.

Mary se puso muy contenta al ver lo bonito y alegre que era con su cuerpo redondo, su pico delicado y sus esbeltas patitas. Casi parecía una persona.

—¿Viene cada vez que lo llama? —preguntó casi en un susurro.

—Sí, por cierto. Lo conozco desde que era un crío. Voló de su nido, del otro lado del muro, y como era aún muy débil, por algunos días no pudo volver. Al regresar, el resto de la cría había partido. Se encontró solo y volvió conmigo. Así fue como nos hicimos amigos.

—¿Qué clase de pájaro es? —preguntó Mary.

—Es un petirrojo —dijo el jardinero—. Son tan amistosos como los perros y es por eso que nos avenimos. Además, son muy curiosos: mire cómo picotea a nuestro alrededor. El sabe que estamos hablando de él.

Era extraño ver al viejo mirar con orgullo y cariño al pequeño petirrojo.

Mientras el pajarito picoteaba trabajosamente el suelo, se paraba de vez en cuando a mirar a la niña como si la estuviera estudiando y, de este modo, pudiera conocerla mejor. Mary experimentó un sentimiento extraño.

—¿A dónde voló el resto de la cría? —preguntó.

—¡Quién puede saberlo! Los padres los sacan del nido y se dispersan antes de que uno se dé cuenta. Por eso, él se sintió solo.

Mary dio un paso hacia el petirrojo, lo miró de manera penetrante y le dijo:

—Yo también estoy sola.

Antes ella no se había dado cuenta de que este sentimiento de soledad la enojaba y amargaba. Ahora, al mirar a los ojos del petirrojo, lo entendió.

El jardinero los observó un minuto y nuevamente se puso a cavar.

—¿Cuál es su nombre? —le preguntó Mary.

—Ben Weatherstaff —le contestó, y luego agregó con agria sonrisa—: Yo también me siento solo cuando el petirrojo no está conmigo. Es el único amigo que tengo.

—Yo tampoco tengo amigos —dijo Mary—. Nunca los he tenido y jamás he jugado con otros niños.

Las personas de Yorkshire tienen el hábito de decir lo que piensan y el viejo Ben, oriundo de la zona, dijo sin ambages:

—Usted y yo tenemos varias cosas en común. No somos agraciados, miramos con amargura y podría asegurar que ambos tenemos mal carácter.

Esto sí que era hablar claramente y Mary Lennox jamás había oído que alguien le dijera tantas verdades. Nunca había pensado en cómo era ella. Solamente ahora se preguntaba si sería tan poco atractiva como el señor Weatherstaff y si, hasta antes de conocer al petirrojo, sería tan amarga como él. ¿Realmente tenía ella mal carácter? Ante tantas dudas, se sintió incómoda. Repentinamente se volvió al escuchar un claro batir de alas. Era el petirrojo que, posado sobre las ramas de un manzano, de nuevo había irrumpido en una canción. Al oírlo, Ben rió a carcajadas.

—¿Por qué hizo eso? —preguntó Mary.

—El acaba de decidir que quiere ser su amigo —replicó el jardinero—. No hay duda que le ha tomado cariño.

—¿A mí? —preguntó Mary, acercándose suavemente hacia el pajarito para verlo mejor—. ¿Quieres ser mi amigo? —preguntó al petirrojo, como si hablara con una persona—. ¿Quieres, por favor?

Esta vez ella no hablaba con voz imperiosa; al contrario, su voz era tan suave, apremiante y persuasiva, que Ben Weatherstaff quedó sorprendido.

—¡Vaya! —exclamó—. Si es tan encantadora como cualquier niña... Incluso diría que habla igual que Dickon con sus regalones del páramo.

—¿Conoce a Dickon? —preguntó Mary, volviéndose hacia él.

—Dickon vaga por estos lugares y todos lo conocen. Las zarzamoras y las campanillas de brezo saben quién es él. Incluso los zorros le muestran sus carnadas y las alondras no le esconden sus nidos.

A Mary le hubiera gustado hacer más preguntas, pues sentía tanta curiosidad con respecto a Dickon como por el jardín desierto. Pero en ese momento, el petirrojo terminó su canción y, una vez más, extendió sus alas y voló lejos. Había concluido su visita y ahora tenía otras cosas que hacer.

—Acaba de volar sobre el muro del jardín sin puerta —exclamó Mary.

—El nació y vive allí —dijo el viejo Ben—. Es posible que de momento esté cortejando a una petirroja entre las ramas del rosal.

—¿Rosas? ¿Hay rosas ahí? —preguntó Mary.

Ben tomó la pala y empezó nuevamente a cavar.

—Las había hace diez años —murmuró.

—Me gustaría verlas —dijo ella—. ¿Dónde está la puerta? Tiene que haber alguna entrada.

Ben siguió cavando y su cara reflejó una expresión tan insociable como cuando recién lo conoció.

—Había una hace diez años —dijo.

—¡Es que no hay puerta! —exclamó Mary—. Pero debería haber una.

—No hay puerta y nadie la ha visto. Además, esto no le concierne a usted. Ahora haga el favor de irse a jugar y no ande metiendo la nariz en donde no debe.

Dejó de cavar, se echó la pala al hombro y partió sin siquiera darle una mirada para despedirse de ella.

V

El llanto en el corredor

Los primeros días que Mary Lennox pasó en el Manor, fueron todos iguales. Temprano en la mañana, miraba por la ventana y aunque no le atraía salir al jardín helado y ventoso, prefería bajar antes que quedarse en su pieza, donde no tenía nada que hacer. Sin que ella se percatara, caminar rápido, y correr por los senderos y la avenida luchando contra el fuerte viento, la hacía olvidar el frío, a la vez que sus pulmones se llenaban de aire fresco, fortaleciendo su cuerpo, coloreando sus mejillas y dando brillo a sus ojos, antes tan opacos.

Pocos días después, Mary despertó una mañana muy hambrienta. A la hora del desayuno, en vez de dar la acostumbrada mirada de desprecio al plato de avena que le ofrecía Martha, tomó la cuchara y se lo comió todo.

–Parece que le gustó el desayuno –dijo Martha.

–Hoy está muy bueno –contestó la niña sorprendida también de su apetito.

–Es el aire del páramo que la está fortaleciendo y le da hambre. Siga jugando en el jardín y verá que pronto se restablecerá y perderá ese color amarillento.

–Yo no juego –dijo Mary–. No tengo con qué jugar.

–¡Que no tiene con qué jugar! –exclamó Martha–. Mis hermanos juegan con palos y piedras o corren y gritan mostrando las cosas que van descubriendo.

Mary no gritaba, pero sí observaba cuanto había a su alrededor. Vagaba de un lugar a otro y en ocasiones buscaba a Ben Weatherstaff, a pesar de que, al verla acercarse, parecía estar siempre ocupado o ponía cara de pocos amigos. Incluso tomaba la pala y cavaba, como si lo hiciera a propósito para no hablarle.

El lugar preferido de Mary era el sendero alrededor del alto muro que no tenía puerta de entrada. La muralla, cubierta de hiedras podadas y muy bien mantenida, conservaba un trecho de hojas obscuras que daba la impresión de haber sido olvidado por el jardinero. Pocos días después de su primera conversación con Ben, la niña estaba observando el muro cuando un soplo de viento movió una rama y vio brillar algo rojo y brillante. Posado en la parte alta y con la cabeza inclinada hacia ella, se encontraba el petirrojo de Ben.

–¡Oh! –gritó–. ¿De verdad eres tú?

Habló con toda naturalidad, dando por descontado que el pajarito la entendía y aun más, que éste le respondería. El petirrojo le contestó gorjeando y brincando sobre el muro. Mary pensaba que aun cuando no se expresaba con palabras, entendía lo que decía.

—¡Buenos días! ¿No te parece que el viento y el sol están espléndidos hoy? ¿Por qué no saltamos juntos? ¡Vamos, hazlo!

Mary empezó a reír, y mientras el petirrojo volaba a cortos trechos sobre el muro, ella corría a la par que él. Por un momento, la delgada, cetrina y feúcha Mary se transformó en una niña preciosa.

—¡Me gustas! ¡Me gustas mucho! —gritó, imitándolo, al mismo tiempo que cantaba y trataba de silbar. El petirrojo, muy satisfecho, cantaba y silbaba a su vez. Por fin, el pajarito extendió sus alas y, bruscamente, voló a la cumbre del árbol siempre cantando con fuerza.

Al oírlo, Mary recordó la primera vez que lo vio posado sobre el árbol tras el muro. En esa oportunidad ella estaba en la huerta; en cambio ahora se encontraba en el sendero que corría paralelo al muro. Pero desde ambos puntos, tras la muralla se veían los mismos árboles.

"El petirrojo vive en el jardín al que no se puede entrar —se dijo—. ¡Cómo me gustaría conocerlo!"

De inmediato corrió al lugar en donde había estado la primera mañana y alcanzó a ver al petirrojo en el momento en que éste abría sus alas para salir volando.

"¡Es el jardín, estoy segura de ello!", murmuró.

Caminó observando cuidadosamente el muro en toda su extensión, sin encontrar puerta alguna.

"Es muy extraño —pensó—. Ben Weatherstaff dijo que no había puerta y es así; pero hace diez años existía una entrada, puesto que el señor Craven enterró la llave".

Se interesó tanto en este problema que ya no lamentaba tener que vivir en Misselthwaite Manor. Por otra parte, en la India hacía tanto calor que, en general, no deseaba moverse; en cambio, el frío del páramo le estaba limpiando las telarañas de su joven cerebro y, poco a poco, todas las cosas que la rodeaban comenzaron a llamar su atención.

Pasó el día entero al aire libre y cuando esa noche se sentó a comer tenía hambre, y se sentía somnolienta y muy a gusto. Ni siquiera se molestó por la cháchara de Martha; al contrario, le agradaba y se preparaba para hacerle una pregunta cuando terminara de cenar.

—¿Por qué el señor Craven odia el jardín? —preguntó.

Con su acostumbrada sencillez, Martha se sentó junto a la niña al calor del hogar.

—¿Todavía piensa en el jardín? Sabía que le sucedería. A mí me pasó lo mismo cuando recién llegué aquí.

—¿Por qué lo odia? —volvió a preguntar Mary.

Martha trató de distraer a la niña hablando de otras cosas pero, ante su insistencia, le contó todo lo que sabía:

—La verdad es que si no fuera por ese jardín el señor no sería tan extraño como es. Era el jardín que la señora formó apenas se casó. A ella le gustaba mucho y ambos cuidaban las flores, pues ningún jardinero podía entrar en él. Cerraba la puerta y los dos permanecían ahí, leyendo o conversando. Ella, que era una joven delgada, solía sentarse en la rama de un viejo árbol sobre el cual trepaban las rosas. Un día, esa rama se quebró y la señora cayó y se hirió tan gravemente que el accidente causó su muerte. El señor quedó desesperado y los doctores temieron que se volviera loco o que también muriera. Esa es la razón por la cual odia el jardín y no permite que nadie entre o hable de él.

Mary no hizo más preguntas. Mientras miraba el fuego, escuchaba cómo silbaba y rugía el viento. Se sentía bien pensando en las cosas buenas que le habían sucedido desde que llegara a esa casa: conversaba con el petirrojo, corría contra el viento y tenía apetito. Descubrió también que, por primera vez, sentía compasión por alguien.

Junto con escuchar cómo silbaba el viento, oyó algo más. No sabía lo que era, porque en un principio apenas distinguía ese sonido. Era muy curioso, como si en algún lugar llorara un niño; pero, en ocasiones, también el viento llora. Siguió escuchando y, al poco rato, Mary estuvo segura de que alguien lloraba muy lejos, pero dentro de la casa. Se volvió hacia Martha y preguntó:

—¿Oyó llorar?

Repentinamente Martha se confundió.

—No —contestó—. Es el viento. A veces suena como si alguien gimiera por sentirse perdido.

—Pero escuche —dijo Mary—. Es alguien en la casa, en uno de los corredores.

En ese momento en el piso bajo se abrió una puerta y una ráfaga de viento cruzó por el corredor abriendo violentamente la puerta de la habitación en que se encontraban. Ambas saltaron de sus asientos, en el instante en que se apagaban las luces y el llanto se escuchaba más claro que nunca.

—¡Escuche! —dijo Mary—. Le dije que alguien está llorando, y es un niño.

Martha corrió a cerrar la puerta con llave. Al mismo tiempo se escuchó que alguien cerraba otra puerta de un golpazo. Luego todo quedó en calma, incluso por un momento el viento dejó de rugir.

—Es el viento —dijo Martha tercamente—, o quizás, la ayudante de cocina que ha estado todo el día con dolor de muelas.

Pero algo preocupaba y molestaba a Martha, pues la niña, al mirarla fijamente, tuvo la impresión de que ella no estaba diciendo la verdad.

VI

En verdad, alguien lloraba

Al día siguiente amaneció lloviendo torrencialmente. Desde la ventana, Mary apenas podía distinguir el páramo, casi oculto por la neblina y las nubes. No podría salir.

–¿Qué hacen en su casa en un día como éste? –preguntó a Martha.

–Tratamos de no molestar a mamá –contestó Martha–. Los mayores juegan en el establo y, en cuanto a Dickon, él, con buen o mal tiempo, sale igual a recorrer el páramo. En días de lluvia descubre cosas que no ve en otras ocasiones. Un día encontró un zorrito medio ahogado en un hoyo. Como la madre había muerto, lo llevó a casa metido entre sus ropas para calentarlo. Ahora vive con nosotros junto con varios animales más.

Lejos habían quedado los días en que Mary se ofendía por los relatos de Martha. Ahora, en cambio, no sólo la interesaban, sino que se apenaba cuando terminaban. Especialmente le atraía todo lo referente a Dickon, además de considerar muy agradable la personalidad de la madre.

–Si yo tuviera un zorrito o un cuervo podría jugar con ellos –dijo Mary–. Pero no tengo nada.

Martha la miró perpleja.

–¿Es que no sabe tejer o coser?

–No–contestó la niña.

–¿Puede leer?

–Sí.

–¿Entonces, por qué no lee o estudia su gramática? Es lo suficientemente mayorcita como para hacerlo.

–No tengo libros –contestó Mary–. Los que tenía quedaron en la India.

–Es una pena –dijo Martha–. Si solamente la señora Medlock la dejara entrar a la biblioteca... Hay allí miles de libros.

Mary no preguntó dónde se encontraba la biblioteca. Repentinamente pensó que trataría de encontrarla por sí misma. No le importaba lo que dijera la señora

Medlock, pues ella pasaba los días sentada en su confortable salón. En esta extraña casa, las personas casi no se veían.

Martha la ayudaba y servía las comidas, pero ningún otro empleado se preocupaba de ella. El ama de llaves iba a verla cada dos o tres días, pero no le preguntaba qué hacía durante el día. Mary suponía que esa era la forma de educar a los niños ingleses. En la India, al contrario, no daba un paso sin su aya y, en más de una ocasión, esta continua compañía la había cansado. Ahora, en cambio, no sólo estaba aprendiendo a vestirse sin ayuda, sino que también pasaba la mayor parte del día a solas.

De pie frente a la ventana esperó durante diez minutos a que Martha terminara de limpiar la parrilla y se retirara. Pensaba en la biblioteca, aunque ésta no le interesaba mayormente, puesto que había leído pocos libros; pero recordando las cien habitaciones de la casa se preguntaba qué encontraría en ellas, si pudiera entrar.

¿Habría verdaderamente cien habitaciones? Quizás podría contarlas, lo que ya sería una buena entretención para ese día.

Salió de su habitación y empezó su recorrido. Un pasadizo comunicaba con el siguiente. Cruzó puertas y más puertas. De las paredes colgaban pinturas con obscuros paisajes, pero la mayoría eran retratos de señores y señoras con extraños trajes y elegantes vestidos. Jamás pensó que podían existir tantos retratos juntos. La niña los miraba con atención y le parecía que los personajes, a su vez, la observaban a ella. También había varios retratos de niños de pelo largo, Mary se preguntaba cómo se llamarían y dónde estarían ahora. Atrajo especialmente su atención el retrato de una niña de rostro poco agraciado que posaba muy rígida; usaba un vestido de brocado y sostenía sobre un dedo un loro verde. Sus ojos la observaban con mirada aguda y ansiosa.

—¿En dónde vives? —dijo Mary dirigiéndose al retrato—. ¡Cómo me gustaría que vivieras aquí!

Era una mañana muy extraña. A Mary le parecía que era el único ser viviente en esta enorme y tortuosa casa. Tanta soledad le hacía pensar que ella era la primera persona que atravesaba esos largos e interminables corredores. El hecho de que se hubieran construido tantas habitaciones significaba que en un momento todas estaban ocupadas. Ahora, al verlas vacías, a Mary le parecía difícil creerlo.

Únicamente al llegar al segundo piso se le ocurrió a Mary intentar abrir las puertas. La mayoría estaba con llave, tal como le había dicho la señora Medlock, pero de pronto una se abrió. La niña sintió miedo al ver que la puerta cedía pesadamente a su impulso, aunque sin dificultad. Se encontró en medio de un gran dormitorio cubierto de tapices bordados que colgaban de la pared. Diseminados en la habitación había algunos muebles con incrustaciones que le recordaron los que había visto en la India. Desde una de las anchas ventanas se dominaba el páramo y sobre la chimenea había otro retrato de la niña poco agraciada, que ahora parecía observarla con mayor intensidad que antes.

"Quizás éste fue su dormitorio –se dijo Mary–. Me incomoda la forma en que me mira".

De ahí en adelante abrió muchas otras puertas hasta que se sintió cansada y pensó que, con toda seguridad, existían cien habitaciones, aunque no las había contado. En su peregrinar por la casa no encontró a ningún ser viviente, pero en una pieza vio algo. Acababa de cerrar la puerta de un armario cuando sintió un crujido casi imperceptible que la hizo saltar. Al mirar hacia el sofá que estaba al lado de la chimenea divisó, en uno de los cojines, una cabecita que se asomaba con ojos asustados.

Se acercó lentamente y descubrió un ratoncito gris. Este se había comido parte del cojín para instalar a sus seis hijos que dormían encogidos en el nido. Al verlos Mary pensó que por lo menos allí había siete ratoncitos que no se sentían solos.

"Me los llevaría a mi habitación si no fuera porque se asustarían", se dijo.

Empezaba a cansarse de tanto caminar, por lo que decidió volver a su dormitorio. Pero no fue fácil. En dos o tres ocasiones perdió el camino al torcer equivocadamente por algún corredor. Cuando por fin llegó al piso donde estaba su habitación se dio cuenta de que todavía se encontraba lejos de ella y no sabía con exactitud cómo la encontraría.

–Creo que me he equivocado nuevamente –murmuró Mary, al observar lo que parecía el final de un corto pasadizo cuya pared estaba cubierta por un tapiz–. No sé qué camino tomar; todo está tan silencioso.

Repentinamente, algo rompió la calma. Era un llanto, pero no exactamente como el que había escuchado la noche anterior. Amortiguado por las paredes, llegó hasta ella más bien como un gemido de niño descontento.

"Se oye más cerca que anoche –pensó Mary; su corazón latía rápidamente–. No hay duda: alguien llora."

Inadvertidamente, posó su mano sobre la tapicería y ésta se movió, sobresaltándola. El tapiz cubría una puerta abierta a través de la cual continuaba el corredor. En ese momento vio a la señora Medlock que se acercaba a ella con expresión furiosa y un manojo de llaves en las manos.

–¿Qué hace aquí? –le gritó tomándola del brazo y empujándola fuera–. ¿No le dije que no debía salir de sus habitaciones?

–Al doblar en el corredor me equivoqué de camino –explicó Mary–. Estaba perdida cuando escuché que alguien lloraba.

En ese momento odiaba al ama de llaves, pero luego la odió aun más.

—Usted no ha oído nada que se le parezca —dijo el ama de llaves—. Y ahora vuelva de inmediato a su dormitorio o le daré un bofetón.

Casi empujándola, la llevó por el corredor hasta que, por fin, bruscamente la hizo entrar en su habitación.

—Y ahora —dijo— se quedará aquí, como se le ha indicado, o la encerraremos. El amo debiera haber buscado a una gobernanta, como dijo que haría. Sin duda, usted necesita que se la vigile de cerca. Yo tengo otras cosas que hacer.

Salió golpeando la puerta detrás suyo mientras Mary, pálida de rabia, se sentaba al borde de la chimenea. No lloró, pero le rechinaban los dientes.

—¡En verdad, alguien estaba llorando! ¡Era verdad! —dijo.

En dos ocasiones había escuchado el llanto y estaba convencida de que descubriría quién lloraba. Durante la mañana se había enterado de muchas cosas y sentía como si hubiera hecho un largo y entretenido viaje: había jugado con algunos adornos en las habitaciones vacías y había encontrado a los pequeños ratoncitos en el cojín de terciopelo.

VII

La llave del jardín

Dos días más tarde, al abrir los ojos, Mary se sentó muy derecha en la cama y dijo a Martha:

—¡Mire hacia el páramo!

Terminada la tormenta de lluvia, tanto la neblina como las nubes grises desaparecieron barridas por el viento, que ya no soplaba, y un cielo azul y brillante enmarcaba el páramo. Mary jamás soñó que podía existir un cielo tan azul y que el páramo podía tomar un delicado color azulado.

—¡Claro! —dijo Martha muy animada—. Por el momento la tormenta ha pasado; cada año sucede lo mismo durante esta época. Desaparece en una noche como si pretendiera demostrar que nunca estuvo y que no volverá. Es la primavera que está por llegar, aun cuando todavía falta un buen tiempo.

—Yo creí que en Inglaterra siempre llovía y estaba obscuro —dijo Mary.

—No, por supuesto que no —repuso Martha—. Cuando sale el sol, la región de Yorkshire es el lugar más asoleado del mundo. Le dije que al poco tiempo le gustaría el páramo. Espere a que florezca, y va a querer levantarse al amanecer y pasar todo el día fuera, como lo hace Dickon.

—¿Podré algún día ir hasta su casa? —preguntó ansiosamente Mary, mientras miraba ese azul que se perdía en lontananza. Era un color maravilloso, celestial, que ella nunca había visto.

—No lo sé —repuso Martha—. Hay cinco millas de camino hasta nuestra casa y usted no está acostumbrada a usar sus piernas.

—A pesar de todo, me gustaría conocerla.

Mientras pulía la parrilla, la mucama pensaba que en la carita de la niña ya no se veía la amargura del primer día. Ahora, en cambio, al igual que sus hermanas, su rostro reflejaba un enorme deseo de conseguir lo que quería.

—Hoy, como es mi día de salida, podré ir a mi casa y le preguntaré a mi mamá. Ella siempre encuentra una solución acertada.

—Aunque no la conozco, me gusta su mamá —dijo Mary.

Martha se sentó sobre sus talones con expresión perpleja mientras se frotaba la punta de la nariz con el dorso de la mano. Luego dijo rotundamente:

—La verdad es que no me extraña; toda la gente la estima, la conozcan o no. Ella es una mujer de muy buen carácter, sensible y trabajadora. Por mi parte, cuando atravieso el páramo camino a casa, salto de alegría de sólo pensar que estaré con ella.

—También me gusta Dickon, aunque tampoco lo conozco —agregó Mary.

—Bueno —dijo Martha resueltamente—. Ya le dije que los pájaros, los conejos, las ovejas y los mampatos e incluso los zorros lo quieren. Me pregunto —agregó, mirándola pensativamente—, ¿qué pensará Dickon de usted?

—No le gustaré —dijo Mary con voz fría y dura—. No le gusto a nadie.

Martha la miró asombrada.

—Y usted, ¿se gusta a sí misma? —le preguntó realmente interesada en oír su respuesta.

Mary vaciló y, luego de pensarlo, contestó:

—No, realmente no. La verdad es que nunca lo pensé antes.

Al oír esto, Martha hizo una pequeña mueca como si recordara algo personal. Luego dijo:

—Hace algún tiempo, mi mamá me hizo esta misma pregunta. Nos encontrábamos en el lavadero y yo estaba de mal humor por lo que hablé mal de algunas personas. Mi madre se volvió y me dijo: "¡Miren la arpía! Hablando mal de unos y de otros. ¿Y qué me dices de ti? ¿Acaso te gustas?". Esto me hizo reír y de inmediato entré en razón.

El saber que Martha no estaría en la casa ese día hizo que Mary se sintiera más sola que nunca. Salió rápidamente al jardín y sólo se sintió algo más animada luego de dar diez vueltas a la fuente. El sol hacía que todo se viera diferente. Mary miró varias veces hacia el cielo tratando de imaginar cómo sería el flotar por el espacio recostada sobre una nube. Más tarde fue al huerto en donde trabajaba Ben junto a dos jardineros. El cambio de tiempo parecía haberle hecho bien pues le habló amablemente.

—Ya llega la primavera. ¿Puede olería?

Mary olfateó y pensó que realmente olía.

—Puedo oler algo agradable, fresco y húmedo —dijo.

—Esa es la riqueza de la tierra —contestó el jardinero, mientras seguía cavando—. Ya está lista para hacer crecer azafranes, narcisos y otras plantas bulbosas. ¿Las conoce?

—No, porque en la India después de las lluvias hace mucho calor y todo está muy mojado. Creo que hay plantas que crecen durante la noche.

—Aquí no crecen durante la noche —dijo Ben—. Tendrá que esperar que, poco a poco, aparezca una punta aquí y otra allá; que una hoja abra hoy y otra, más tarde. Tendrá que observarlas crecer.

—Claro que lo haré —contestó Mary.

Poco después oyó el susurro de las alas del petirrojo que, muy vivaracho y animado, brincaba cerca de sus pies. Ladeó la cabeza y la miró con tanta malicia que ella le preguntó a Ben Weatherstaff:

—¿Cree que me recuerda?

—¡Que si la recuerda! —exclamó Ben indignado—. Sin contar las personas, él conoce cada planta y cada rama del jardín. Lo que sucede es que él no ha visto jovencitas como usted y está tratando de averiguar cómo es, así es que no trate de engañarlo.

—¿También están creciendo las plantas en el jardín donde él vive? —quiso saber Mary.

—¿Qué jardín? —gruñó Ben con expresión malhumorada.

—El jardín del viejo rosal —dijo; no podía dejar de preguntar pues tenía ansias de saber—. ¿Todas las flores murieron o algunas renacerán en verano? ¿Quedan todavía rosas?

—Pregúntele a él —dijo Ben señalando al petirrojo—. En los últimos diez años, es el único que lo ha visto.

La niña se alejó lentamente pensando que hasta poco tiempo atrás, en general a ella no le gustaba la gente. Ahora, en cambio, desde que se sentía atraída por el jardín, quería al petirrojo, a quien consideraba como a una persona, a Dickon y a la madre de Martha. En verdad era un buen número.

Al fin llegó al sendero que circundaba el muro cubierto de hiedra sobre el cual se veían las copas de los árboles. Al recorrerlo por segunda vez, le sucedió algo verdaderamente extraordinario.

Escuchó un gorjeo a su izquierda y vio que el petirrojo pretendía picotear la tierra tratando de insinuarle que no la había acompañado hasta allí; pero ella sabía muy bien que el pajarito la había seguido.

—¡Me recuerdas! —gritó, casi temblando de felicidad—. ¡Verdad que sí! Eres precioso.

Ella le habló persuasivamente mientras él, a su vez, brincaba y movía la cola gorjeando como si conversaran. Mary lentamente se aproximó a él y trató de imitar su canto.

¡Pensar que el pajarito la dejaba acercarse sin temer nada de parte de ella! Mary se sentía tan feliz que casi no podía respirar. El petirrojo, que saltaba buscando gusanos, se posó de pronto sobre tierra recién removida por un perro que quería hacer salir a un topo de su madriguera. Mary miró hacia ese lugar y, en medio de la tierra, vio algo que parecía un anillo de hierro o bronce oxidado. Al agacharse a recogerlo se dio cuenta de que era algo más que un anillo: era una vieja llave que, a juzgar por su aspecto, había estado enterrada durante largo tiempo.

Mary la recogió y la miró con expresión casi asustada.

—Quizás ha estado enterrada por diez años —murmuró—. ¿Será la llave del jardín?

VIII

El perirrojo que monstó el camino

Durante mucho rato se quedó mirando y dando vueltas a la llave. ¿Sería la del jardín cerrado? Y si encontraba la puertá, ¿podría entrar y ver lo que había detrás del muro? ¿Existiría el viejo rosal? Ese jardín había estado cerrado durante tantos años, que tenía que ser diferente a los otros. Por eso ella quería conocerlo. También era posible que hubieran sucedido cosas extrañas. Pero lo que más la atraía era la idea de poder ir allí cada día, encerrarse y jugar a solas, sin que nadie supiera dónde estaba. El aislamiento en que vivía en esa enorme casa, en la que no había nada con qué entretenerse, activaba su cerebro y despertaba su imaginación.

Mary puso la llave en su bolsillo y caminó lentamente por el sendero, con la vista fija en la hiedra que cubría el muro. La hiedra la desconcertaba, pues, aunque la observó fijamente, no vio nada más que tupidas y brillantes hojas verdes. Se sentía muy desilusionada, a la vez que renacía su antiguo espíritu rebelde al observar la copa de los árboles del jardín amurallado, tan cercanos pero tan lejanos, pues no podía llegar a ellos. Volvió a la casa con la llave y decidió que cada vez que saliera la llevaría consigo por si algún día encontraba la puerta.

La señora Medlock permitió a Martha alojar esa noche en su casa, mas a la mañana siguiente volvió muy animada y con las mejillas más sonrosadas que nunca.

–Me levanté a las cuatro de la mañana –dijo–. El páramo estaba precioso al amanecer. Los pájaros empezaban a levantarse y los conejos correteaban por ahí. Esta vez no hice todo el trayecto a pie, pues un hombre me trajo en su carreta. ¡Me encantó el paseo! Mamá estaba feliz de verme y juntas cocinamos y lavamos la ropa de la familia. También hice unos panecillos con azúcar rubia para los niños.

En la tarde, cuando la familia estaba reunida junto al fuego y ella y su madre remendaban la ropa y los calcetines, Martha les había hablado de la niñita llegada de la India.

–Les gustó mucho saber de usted –dijo a Mary–. Querían conocer hasta los menores detalles: cómo eran los nativos y del barco en que vino, pero yo no sabía mucho...

Por un momento Mary reflexionó; luego dijo:

–Antes de que vuelva a su casa le habré contado muchas cosas más. Estoy segura de que les gustará saber cómo se anda en elefante o en camello, o sobre los oficiales que salen a cazar tigres.

–¡Por supuesto! Estarán encantados –exclamó Martha–. ¿De verdad que me contará, señorita Mary? ¡Será tan estupendo como antes, cuando se relataban historias sobre la bestia salvaje que merodeaba por York!

–La India es muy diferente a Yorshire –dijo suavemente la niña. Reflexionó unos instantes y luego preguntó–: Y a Dickon y a su mamá, ¿les interesó saber cosas de mí?

–¡Por supuesto! Los ojos de Dickon casi se salían de sus órbitas –contestó Martha–. En cambio, mi mamá quedó preocupada al saber que usted está tan sola. Dijo que alguien debería encargarse de enseñarle y de acompañarla. También me hizo ver cómo me sentiría yo, vagando a solas por esta enorme casa, sin que nadie se ocupara de mí. Le prometí que yo trataría de animarla.

Mary la miró larga y atentamente.

–Pero si ya me da ánimos. Me encanta oírla hablar.

Martha salió del dormitorio y volvió poco después con algo escondido bajo el delantal.

–¡Qué le parece! –dijo–. Le traje un regalo.

–¡Un regalo! –exclamó Mary–. ¿Cómo es posible que una familia de catorce personas pueda hacer regalos?

–Esta mañana llegó hasta nuestra casa un vendedor ambulante con ollas y sartenes. Mamá no tenía dinero para comprarlas pero, cuando el vendedor ya se iba, una de mis hermanas gritó: "¡Mamá, mira!, tiene cuerdas de saltar con mangos rojo y azul". Entonces mamá buscó en su bolsillo hasta encontrar dos peniques y me dijo: "Tengo muchos gastos, pero como me has traído tu sueldo, le compraré a la niñita una cuerda de saltar". Y aquí la tiene.

Muy orgullosa la sacó de debajo del delantal. Era una cuerda firme y muy bonita, pero Mary la miró perpleja sin saber qué pensar. Jamás había visto una.

–¿Para qué sirve? –preguntó llena de curiosidad.

–¡Cómo! ¿Me va a decir que en la India tienen camellos y elefantes y no tienen cuerdas de saltar? Míreme y le mostraré.

Corrió al centro de la habitación y tomando un mango en cada mano empezó a saltar, saltar y saltar, mientras Mary la observaba. Parecía que también los rostros de los retratos la miraban con estupor preguntándose qué estaba haciendo esta extraña joven frente a ellos. Pero Martha no los veía. Mientras saltaba hasta llegar a cien, se sentía encantada ante la expresión de interés y curiosidad que se reflejaba en la carita de Mary.

–Cuando tenía doce años, llegué hasta quinientos, pero ahora estoy más gorda y he perdido la práctica –dijo al detenerse.

Mary se levantó muy excitada.

–¡Es estupendo! –exclamó–. Su mamá es muy amable. ¿Cree que podré aprender a saltar como usted?

–Debe tratar –la urgió Martha entregándole la cuerda–. En un comienzo no podrá saltar hasta cien, pero si practica podrá hacerlo. Mamá dice que le hará muy bien saltar, y que una cuerda es el mejor juguete que un niño puede tener. Ella quiere que salte al aire libre para que se le robustezcan las piernas y los brazos.

Sin duda, cuando Mary empezó a saltar, sus piernas y brazos no tenían mucha fuerza. Pero no le importó hacerlo mal, sólo quería seguir saltando. Se puso su abrigo y, con la cuerda bajo el brazo, abrió la puerta. En esto se volvió despacio hacia Martha, como si repentinamente se hubiera acordado de algo.

–Martha, esto es parte de su salario. ¡Muchas gracias! –dijo muy rígida. No estaba acostumbrada a agradecer y ni siquiera se daba cuenta cuando las personas hacían algo por ella–. Gracias –repitió, y le dio la mano porque no sabía qué otra cosa podía hacer.

Martha estrechó su mano torpemente, como si tampoco estuviera acostumbrada a esta clase de cosas. Luego rió.

–¡Eh! –dijo–. Esto es costumbre de viejas. Si hubiera sido mi hermana, me habría besado.

Mary la miró más rígida que nunca.

–¿Quiere que la bese?

Martha rió nuevamente.

–¡No, por supuesto que no! Y ahora salga a jugar con su cuerda.

Mary se sintió molesta. Las personas de Yorkshire actuaban en forma extraña y ella no entendía bien a Martha, a pesar de que ahora le gustaba, lo que no sucedía cuando recién la conoció.

La cuerda de saltar era maravillosa. Ella contó y saltó, saltó y contó hasta que sus mejillas se colorearon. Nunca había estado tan contenta. El sol resplandecía y una leve brisa soplaba trayendo oleadas de tierra recién removida. Siguió saltando por el jardín hasta llegar a la huerta donde Ben cavaba, al mismo tiempo que hablaba al petirrojo que brincaba a su alrededor. Ella continuó saltando confiada en que él la vería y, en efecto, Ben la miró con curiosidad.

—¡Bueno, quién lo diría! —exclamó—. Después de todo, tiene sangre joven en las venas en vez de leche agria. El saltar con la cuerda ha coloreado sus mejillas. ¡Jamás lo hubiera creído!

—Nunca había saltado con una cuerda —dijo Mary—. Estoy empezando y sólo puedo contar hasta veinte.

—Entonces continúe —dijo Ben—. La cuerda es estupenda para la gente joven. Mire cómo la observa el petirrojo. Ayer la acechó y hoy continúa haciéndolo. Quiere saber en qué consiste saltar la cuerda, puesto que no lo había visto antes. La curiosidad lo perderá si no anda con cuidado.

Mary continuó saltando alrededor del jardín. Finalmente llegó al sendero que tanto la atraía y quiso probar si podía llegar al final sin parar. Pero, antes de la mitad, tenía tanto calor que casi sin resuello se vio obligada a detenerse; sin embargo, había contado hasta treinta y esto la tenía muy contenta. El petirrojo, que la seguía, la saludó con un gorjeo. Al verlo, la niña le dijo riendo:

—Ayer encontraste la llave y hoy debes mostrarme la puerta, aunque no creo que sepas dónde está.

Mary Lennox había escuchado a su aya contar muchas historias sobre magia, por eso pensó que lo que sucedió a continuación no tenía otra explicación.

Una fuerte ráfaga de viento sopló a través del sendero, agitó las ramas de los árboles y removió las hiedras trepadoras que habían llamado la atención de la niña porque no estaban podadas como las demás. Mary, que se había acercado al petirrojo, vio que repentinamente algunas hiedras se balanceaban hacia un lado. Con gran rapidez, ella saltó hacia adelante y cogió la rama. Bajo la hiedra vio un pomo redondo que, hasta entonces, había estado cubierto por las hojas. Era el pomo de una puerta.

Mary empujó las hojas hacia un lado. La hiedra caía suelta como una cortina, aunque algunas hojas se habían introducido entre la madera y el fierro. El corazón de Mary latía fuertemente mientras sus manos temblaban por la emoción y la alegría. Entretanto, el petirrojo, tan entusiasmado como ella, gorjeaba y brincaba de lado a lado con su cabecita inclinada. ¿Qué era esto que tocaban sus manos?

¡Era la cerradura de la puerta que había sido cerrada diez años atrás! Sacó la llave de su bolsillo y la encajó. Dio vuelta a la llave y, aun cuando tuvo que hacerlo con ambas manos, la puerta se abrió. Miró hacia atrás para ver si venía alguien, pero parecía que jamás iba nadie hacia ese lado del jardín.

Respiró profundamente, echó hacia atrás la cortina de hiedra, empujó la puerta, que se abrió con lentitud, y la atravesó, cerrando tras de sí. Con la espalda apoyada contra la puerta, miró a su alrededor mientras respiraba muy rápido casi ahogada por la emoción y el asombro que le produjo su descubrimiento.

¡Estaba en el jardín secreto!

IX

La mas extraña de las casas

Era el lugar más encantador y misterioso que hubiera podido encontrar. En él había una enorme variedad de rosas. Algunas trepadoras cubrían los altos muros con tupidos y enmarañados tallos. También en el suelo cubierto de pasto sobresalían grupos de arbustos que, con toda probabilidad, habían sido rosales. Otros crecían muy alto, y los más cubrían los árboles con sus ramas formando verdaderas cortinas oscilantes que daban al lugar un carácter extraño y a la vez maravilloso. Aquí y allá, algunos rosales se habían enlazado unos con otros componiendo arcos de ramas secas, por lo que Mary se preguntó si volverían a florecer. Estas ramas grises que se esparcían como un manto nebuloso sobre murallas, árboles y pasto, formaban una maraña misteriosa que hacía del jardín un lugar aun más escondido. Mary siempre pensó que este jardín sería muy distinto, pero en realidad tenía un aspecto completamente diferente a todo cuanto ella había visto con anterioridad.

—¡Qué tranquilo está! —susurró—. ¡Qué quieto!

Esperó un momento y escuchó el silencio que la rodeaba. Incluso el petirrojo posaba inmóvil sobre la copa de un árbol, sin ni siquiera mover las alas; sólo miraba a Mary.

—No me extraña que esté tan quieto —susurró nuevamente—. En diez años soy la primera persona que ha hablado aquí.

Se alejó de la puerta pisando con suavidad, como si temiera despertar a alguien.

—¿Habrán muerto todas las plantas? ¿Será éste un jardín quieto y sin vida? —murmuró.

Con seguridad Ben Weatherstaff habría podido contestarle; ella, en cambio, sólo veía ramilletes grises y cafés, o ramas que no mostraban señales de vida.

El sol brillaba aun con mayor intensidad dentro de estas cuatro paredes, que en el resto de la propiedad o en el páramo. A medida que Mary avanzaba, el petirrojo la seguía brincando y gorjeando como si quisiera mostrarle el lugar. El jardín le parecía extraño y le daba la sensación de estar a cientos de millas del resto del mundo; pero no se sentía sola. Su única preocupación era saber si las rosas volverían a florecer. Ella no quería un jardín sin vida; lo quería cubierto de rosas.

Como tenía consigo la cuerda de saltar, decidió recorrer saltando los senderos de pasto que aún existían y detenerse cuando quisiera ver algo. En cada rincón podía distinguir montones de hojas bajo las cuales había piedras cubiertas de musgo que servían de asiento. De repente vio cómo, entre las hojas, sobresalían de la negra tierra algunas puntas verdes muy afiladas, lo que la hizo recordar lo que Ben había dicho.

–Si hay pequeños brotes es posible que sean azafranes o narcisos –susurró, mientras se agachaba para oler la fragancia de la tierra mojada.

–Quizás hay otros brotes –dijo–. Daré una vuelta para ver.

Dejó de saltar y caminó lentamente con los ojos fijos en el suelo. Su entusiasmo aumentó al descubrir que había innumerables brotes más.

–Después de todo no es un jardín muerto –dijo–. Incluso, si las rosas no florecen, otras plantas lo harán.

Ella no sabía nada sobre jardines pero, sin embargo, pensó que los pequeños brotes que intentaban salir a la luz no tenían sitio suficiente para crecer. Con un palo puntiagudo sacó malezas y pasto dejándoles espacio.

–Ahora ya pueden respirar –dijo–. Haré lo mismo con los otros y si no alcanzo hoy, volveré mañana.

Inconscientemente, sonreía mientras trabajaba con entusiasmo desmalezando todo lo que podía. Por su parte, el petirrojo parecía encantado al ver que esta niñita cavaba la tierra desenterrando comida para él.

Tan entretenida estaba que, sin darse cuenta, se atrasó para el almuerzo y quedó muy sorprendida al advertir que había trabajado más de dos horas.

–Volveré esta tarde –dijo mirando su nuevo reino y hablando a los árboles y a las rosas como si pudieran oírla.

Martha se sintió muy contenta al verla llegar con las mejillas sonrosadas y los ojos brillantes. Además, se sirvió dos porciones de carne y dos de budín de arroz.

–Mi mamá estará feliz al saber lo bien que le ha hecho saltar con la cuerda –dijo.

En el jardín Mary había descubierto una raíz blanca que parecía cebolla y aprovechó de preguntar a Martha qué era.

–Son bulbos –contestó Martha–. De ellos crecen lindas flores en primavera. Dickon plantó varios en nuestro jardín.

–¿Entonces Dickon conoce los bulbos? –preguntó Mary mientras se le ocurría una nueva idea.

—¡Dickon! ¡El puede hacer crecer flores en una muralla de ladrillos! Mi mamá dice que las hace crecer con sólo murmurarles cuando todavía están bajo tierra.

—¿Cuántos años viven los bulbos? ¿Viven sin que nadie los ayude? –preguntó Mary ansiosamente.

—Ellos se ayudan a sí mismos. Esta es la razón por la que la gente pobre puede tenerlos. Si no se les destruye, toda una vida trabajan bajo tierra esparciéndose y reproduciéndose.

—¡Cómo deseo que llegue la primavera! –exclamó Mary–. Quiero ver todo lo que crece en Inglaterra.

Terminado el almuerzo se sentó junto a Martha al lado de la chimenea.

—Me gustaría tener una pequeña pala –dijo la niña.

—¿Para qué desea una pala? –preguntó Martha–. ¿Quiere cavar?

Mary miró el fuego pensando que debía ser cuidadosa si quería mantener su reino en secreto. Aun cuando estaba segura de que no le hacía daño a nadie, sabía que si el señor Craven se enteraba, se enojaría y le quitaría la llave. Sólo la idea de no volver a entrar en el jardín le era insoportable.

—Este es un lugar tan grande y aislado –dijo lentamente, como si pensara las palabras a medida que hablaba–. Todo es solitario, tanto la casa como el jardín. Además, hay tantos lugares cerrados. En la India yo no hacía demasiadas cosas pero, al menos, había gente a quien mirar. Observaba a los nativos, o a los soldados marchando, o las bandas de música. También mi aya me contaba historias. Aquí con excepción de usted y de Ben Weatherstaff, no tengo con quién hablar. Pero ambos deben trabajar y no me hablan a menudo. Creo que si tuviera una pala podría cavar, y si consiguiera unas semillas, tendría un jardín.

La cara de Martha se iluminó.

—¡Pero si eso fue lo que dijo mi mamá! Que hay tanto espacio que bien podrían darle un pedacito y así plantar aunque fuera perejil o rabanitos.

—¡Qué cantidad de cosas sabe su mamá!

—Claro –dijo Martha–. Ella dice: "Una mujer que cría doce hijos, aprende algo más que leer y escribir".

—¿Cuánto cuesta una pala pequeña? –preguntó Mary.

—Bueno –dijo Martha reflexionando–. En una de las tiendas de la aldea de Thwaite venden un juego de jardín por dos chelines. Y me parecieron lo suficientemente firmes como para trabajar con ellas.

—¡Tengo más que eso en mi billetera! —dijo Mary—. Antes de llegar tenía algo de dinero y la señora Medlock me da un chelín a la semana a nombre del señor Craven. No sabía en qué gastarlo.

—¡Eso sí que es riqueza! ¡Vaya, por lo menos él se acordó de eso! —exclamó Martha—. Con ese dinero puede comprar lo que quiera. Pero se me ocurre algo —agregó poniendo las manos en sus caderas.

—¿Qué? —dijo ansiosamente Mary.

—En la tienda de Thwaite venden paquetes de semillas de flores por un penique cada una y Dickon conoce las más bellas y sabe cultivarlas... ¿Puede escribir con letra de imprenta? —preguntó repentinamente.

—Sí —contestó Mary.

Martha movió la cabeza.

—Dickon sólo puede leer letras impresas. Escríbale y pídale que le compre las herramientas y las semillas.

—Realmente usted es muy buena. ¡No sabía cuan bondadosa es! Si hago un esfuerzo, puedo escribir con letras de imprenta. Pidámosle al ama de llaves papel y tinta.

—Yo tengo —dijo Martha—. Iré a buscarlo.

Mientras Martha corría en busca del papel, Mary, de pie frente a la chimenea, se retorcía las manos de puro gusto.

—Si consigo una pala —murmuró—, podré arreglar la tierra y sacar las malezas. Con las semillas haré crecer flores y el jardín, una vez más, cobrará vida.

Ese día Mary no volvió a salir, sino que se quedó esperando que Martha terminara con sus obligaciones. No le era fácil escribir, puesto que apenas le habían enseñado y su ortografía no era buena, pero con esfuerzo podía imprimir las letras. Al fin terminó la carta que Martha le dictó, en la que pedía a Dickon herramientas y semillas bonitas y fáciles de cuidar.

—Pondremos el dinero en el sobre y el carnicero se lo entregará. Son buenos amigos. Dickon comprará todo y se lo traerá personalmente. Le encanta venir por estos lados.

—¿Entonces veré a Dickon? No pensé que lo conocería.

—¿De verdad que lo quiere conocer? —le preguntó Martha al ver tan contenta a la niña.

—¡Por supuesto! Jamás conocí a alguien a quien los zorros y los cuervos quieran.

Martha se sobresaltó como si recordara algo.

—¡Pensar que casi lo olvido! Mamá me dijo que le preguntara a la señora Medlock si puedo llevarla un día a mi casa a comer queque de avena caliente y un vaso de leche.

Parecía que todas las cosas buenas le estaban sucediendo al mismo tiempo. ¡Pensar que atravesaría el páramo a plena luz del día y conocería una pequeña casa en la que vivían tantos niños!

—¿Cree que la señora Medlock me dará permiso? —preguntó ansiosamente.

—Sí, creo que sí. Conoce lo limpia y ordenada que es mamá.

—Entonces podré conocer a su mamá también —dijo Mary muy contenta—. Ella no se parece en nada a las mamas que conocí en la India.

El trabajo en el jardín y los acontecimientos de la tarde la dejaron cansada y pensativa. Se sentó junto a Martha y esperó la hora de la cena. Sin necesidad de hablar, ambas se sentían bien estando juntas.

Solamente cuando Martha salió a buscar su comida, le preguntó:

—¿Continúa con dolor de muelas la ayudanta de cocina?

Martha la miró con algo de susto.

—¿Por qué lo pregunta?

—Como se demoraba en llegar, caminé por el corredor para ver si venía. En ese momento volví a escuchar un llanto igual al de la otra noche. Hoy no hay viento, así es que no puede ser eso.

—¡Eh! —dijo Martha inquieta—. No debe caminar por el corredor oyendo cosas. El señor Craven se enojaría mucho si lo supiera.

—No intentaba escuchar, sólo la estaba esperando. Esta es la tercera vez que lo oigo.

—Debo irme —dijo Martha—. Está sonando la campana de la señora Medlock.

Ante lo cual salió casi corriendo de la habitación.

—Esta es la casa más extraña en que alguien pueda vivir —dijo Mary.

Apoyó la cabeza en el cojín de un sillón y pronto se quedó dormida. El aire puro, el trabajo en el jardín y la cuerda de saltar la habían dejado agradablemente cansada.

X

Dickon

Durante una semana el sol brilló en el jardín secreto, como lo llamaba Mary. Le gustaba el nombre, pero lo que la hacía más feliz era que, al cerrar la puerta, le parecía estar en un lugar encantado. Afuera quedaba el resto del mundo y nadie sabía dónde se encontraba. Le recordaba los jardines secretos descritos en los libros de cuentos, aun cuando ella no pretendía dormir en él por cien años. Al contrario, cada día se sentía más alerta, le gustaba más estar fuera de la casa, amaba el viento, corría más rápido y podía saltar hasta cien. Probablemente otro tanto les sucedía a los bulbos del jardín. Les llegaban el sol y la lluvia y así cobraban nueva vida.

Mary, además de ser muy decidida, no era una niña corriente. Ahora que había encontrado algo interesante que hacer pasaba las horas absorta en la tarea de cavar y desmalezar. El trabajo era para ella como un juego fascinante. Cada día aparecían nuevos brotes verdes, algunos tan pequeños que apenas sobresalían del suelo. Al verlos, se preguntaba cuándo florecerían y trataba de imaginar cómo se vería el jardín cubierto de flores pequeñas.

Durante esa asoleada mañana creció su intimidad con Ben Weatherstaff. En más de una ocasión lo había sorprendido al aparecer repentinamente a su lado, como si brotara de la tierra. La verdad era que ella temía que él se alejara si la veía venir. Pero a él ya no le molestaba la presencia de la niña; más bien se sentía orgulloso de ver el interés con que ella lo buscaba.

Esta mañana él estaba más comunicativo que de costumbre.

—¿Cuánto tiempo lleva aquí? —le preguntó a trompicones.

—Creo que más o menos un mes —contestó ella.

—Está empezando a darle crédito a Misselthwaite —dijo—. Está más gorda y no tan pálida como cuando llegó. Al comienzo parecía un cuervo amarillo sin plumas. Yo pensé que jamás había visto en alguien tan joven una cara tan fea y amargada.

Como a Mary no le importaba mucho su físico, no se ofendió por este comentario.

—Ya sé que estoy más gorda —dijo—. Mis medias ahora no se arrugan. ¡Mire, Ben!, ahí está el petirrojo.

A ella le pareció que el pajarito estaba más lindo que nunca con su pecho rojo brillante y haciendo gracias con su cola y cabeza. A toda costa deseaba ser admirado por Ben, pero éste había amanecido sarcástico.

–¡Ah, con que ahí estás! Ahora vienes a verme cuando no tienes a nadie más. ¿Es que durante estas dos semanas te has pasado lustrando tus alas y el pecho para cortejar a alguna dama y luego decirle que eres el petirrojo más fino del páramo y que siempre estarás listo a luchar por ella?

Mary casi no podía creer lo que veía al observar cómo el petirrojo voló y se posó en el mango de la pala de Ben. La arrugada cara del viejo se transformó, mientras se quedaba inmóvil, asustado hasta de respirar, para que el pajarito no se volara. Luego le habló en un susurro.

–¡Miren cómo sabe conquistarse a un hombre! Es casi sobrenatural.

Permaneció muy quieto hasta que el pajarito agitó sus alas y voló. El jardinero observó el mango como si tuviera poderes mágicos y, en silencio, volvió a cavar.

Mary le preguntó:

–¿Tiene usted su propio jardín?

–No, soy soltero y alojo en la casa del guarda.

–Si tuviera un jardín, ¿qué flores plantaría?

–Bulbos y flores con aroma, especialmente rosas.

La cara de Mary se iluminó.

–¿Le gustan las rosas?

–Aprendí sobre ellas de una joven para la cual trabajaba de jardinero. Ella tenía un lugar cubierto de rosas y las amaba como a hijos, incluso las besaba. Esto sucedió hace diez años.

–¿En dónde se encuentra ella? –preguntó Mary muy interesada.

–En el cielo, según dicen algunos.

–¿Qué pasó con sus rosas? –preguntó la niña más interesada que nunca.

–Están abandonadas.

–¿Las rosas mueren cuando no se las cuida? –aventuró.

–Bueno, como ambos las amábamos, una o dos veces al año voy a podarlas y arreglo la tierra. Las que sobrevivieron crecen en forma silvestre.

—Cuando están sin hojas y tienen color gris o café, ¿cómo se sabe si están vivas? —preguntó Mary.

—Espere a que llegue la primavera y verá lo que sucede. Busque entre los tallos y ramitas, y si encuentra pequeñas protuberancias observe lo que pasa luego de una lluvia tibia —respondió; pero de pronto miró con curiosidad la cara expectante de la niña y preguntó—: ¿Qué significa este repentino interés por las rosas?

La cara de Mary enrojeció y con algo de miedo contestó:

—Quiero jugar a que tengo mi propio jardín —tartamudeó—. No tengo nada que hacer ni nadie con quien jugar.

—Bueno —dijo Ben, mientras la observaba—, es muy cierto.

Lo dijo de tan extraña manera que Mary se preguntó si él sentiría pena por ella. Ella jamás se había compadecido de sí misma; sólo se había sentido cansada y enojada porque no le gustaba la gente que la rodeaba. Ahora su mundo estaba cambiando para mejor y si nadie descubría su secreto, lo gozaría para siempre.

Se quedó junto a Ben tratando de averiguar lo más que pudo mientras él contestaba con sus acostumbrados gruñidos.

—¿Ha vuelto a ver las rosas? —preguntó ella.

—Este año no he estado por culpa del reumatismo.

Luego, enojado, le pidió que lo dejara tranquilo y no le hiciera más preguntas.

Mary tomó un camino rodeado de laureles que daba vuelta alrededor del jardín secreto y terminaba en una puerta que comunicaba con el bosque. En ese momento sintió un suave y peculiar sonido y abrió la puerta para saber de dónde provenía.

Era algo extraordinario y Mary, al observarlo, dejó de respirar. Un niño de cerca de doce años, de aspecto divertido, estaba sentado bajo un árbol tocando una flauta de madera. Se le veía limpio y tenía la nariz respingada y las mejillas rojas como amapolas. Mary jamás había visto a un niño de ojos tan azules. Junto a él, sobre un tronco, una ardilla café lo observaba y detrás de un arbusto un faisán estiraba el cuello para ver qué pasaba. Cerca del niño, dos conejos sentados olfateaban con narices trémulas. Daba la impresión de que, poco a poco, se iban acercando para escuchar el curioso sonido de la flauta.

Al ver a Mary, le habló con una voz tan suave como la misma flauta.

—¡No se mueva! —le dijo—, o los asustará.

Mary se quedó inmóvil. El dejó de tocar y se levantó calladamente, como si no se moviera. Entonces, la ardilla correteó hacia los matorrales, el faisán volvió la cabeza y los conejos saltaron lejos, pero ninguno de los animales parecía asustado.

–Soy Dickon –dijo el niño–. Y tú eres la señorita Mary. Me levanté despacio porque si el cuerpo se mueve rápido, los animales salvajes se asustan.

El habló como si se conocieran de siempre; en cambio Mary, que no conocía otros niños, por cortedad le habló rígidamente a pesar de que le habría encantado poder hablarle con naturalidad.

–¿Recibiste la carta de Martha? –preguntó.

–Por eso he venido –asintió moviendo su roja cabeza–. Aquí tengo las herramientas y también te traje un desplantador.

–¿Podrías mostrarme las semillas? –pidió Mary.

Al acercarse, ella notó que él olía a brezo fresco, a pasto y a hojas. A Mary le gustó y, al mirarlo de cerca, se olvidó de su cortedad de genio. Juntos se sentaron sobre el tronco y esparcieron los paquetes de semillas con los dibujos de las flores, mientras Dickon le explicaba los nombres y si eran fáciles de cultivar.

–Las amapolas son preciosas y crecen con sólo silbarles.

Repentinamente calló, y, volviendo su cara sonriente, preguntó:

–¿Dónde está el petirrojo que nos llama?

–¿De verdad que nos llama? –preguntó ella.

–Por supuesto –contestó Dickon como si fuera lo más natural del mundo–. El está llamando a su amigo y le dice: "Aquí estoy, mírame, quiero conversar". ¿De quién es?

–Es de Ben Weatherstaff, pero creo que a mí también me conoce.

–¡Claro que te conoce y le gustas! –dijo Dickon con voz suave–. En un minuto me contará todo sobre ti.

Con movimientos lentos, él se acercó al matorral y dio sonidos casi iguales a los del petirrojo; éste contestó como si respondiera a su pregunta.

–Dice que es tu amigo.

–¿Tú crees que lo es? –preguntó ansiosamente Mary.

–No se acercaría si no fuera tu amigo y le gustaras –contestó Dickon.

—¿Entiendes todo lo que dicen los pájaros? —inquirió Mary.

La sonrisa de Dickon se acentuó al mismo tiempo que se frotaba su áspera cabeza.

—Creo que sí y creo que ellos también me entienden —dijo—. He vivido por tanto tiempo en el páramo, que me siento como si fuera uno de ellos.

Volvió a sentarse a su lado y continuó explicándole la manera de plantar las flores, observarlas y alimentarlas.

—Oye —le dijo—, si tú quieres, te las plantaré. ¿Dónde está tu jardín?

Mary unió fuertemente sus manos y cambió de color. Se sentía miserable y no sabía qué decir. No había previsto esta eventualidad.

—Porque te dieron un pedazo de jardín, ¿verdad? —dijo Dickon sorprendido al advertir su turbación—. ¿O es que no te lo quieren dar?

Apretando aun más las manos ella volvió sus ojos hacia él.

—Yo no conozco otros niños —dijo lentamente—. ¿Puedes guardarme una confidencia? Es un jardín secreto y creo que me moriría si lo descubren —terminó diciendo con fiereza.

Dickon estaba cada vez más extrañado. Volvió a rascarse la cabeza y respondió con buen humor:

—Yo siempre guardo los secretos. Si no lo hiciera, otros niños sabrían dónde se encuentran las crías de los zorros o los nidos de los pájaros y nada estaría a salvo en el páramo. ¡Sí, sé guardar secretos!

—He robado un jardín —dijo rápidamente Mary—. No es mío, pero tampoco le pertenece a nadie. No lo quieren y no entran en él. Por eso no tienen derecho a quitármelo porque lo han dejado destruirse —terminó diciendo apasionadamente mientras se cubría su cara con los brazos y rompía a llorar. ¡Pobre pequeña Mary!

Los curiosos ojos de Dickon reflejaron simpatía, lo que alentó a la niña.

—¿Dónde se encuentra? —preguntó Dickon, bajando la voz.

Sin importarle lo que pudiera suceder, ella se levantó y, en un instante, volvió a ser la imperiosa niña de antes.

—Ven conmigo y te lo mostraré —dijo.

Dickon la siguió con una mirada extraña y triste. Tenía la sensación de que lo único que iba a descubrir era algún nido de pájaro. Mas, cuando Mary levantó la cortina de hiedra, se sobresaltó al ver que cubría una puerta. La niña empujó suavemente y entraron juntos.

Mary se detuvo, agitó su mano provocativamente y dijo:

–¡Este es el jardín secreto y soy la única que quiere que sobreviva!

Dickon miró a su alrededor una y otra vez.

–¡Eh! –murmuró–, es un extraño y precioso lugar; me parece estar soñando.

XI

El nido del tordo

Por dos o tres minutos, Dickon se quedó inmóvil mirando a su alrededor, mientras Mary lo observaba. Luego empezó a caminar lentamente. Sus ojos parecían ver y apreciar todo al mismo tiempo.

—Jamás pensé que vería este lugar —dijo en un murmullo.

—¿Entonces sabías que existía? —preguntó Mary.

Ella habló fuerte y él le indicó que bajara la voz.

—Debemos hablar bajo, puesto que si nos escuchan se preguntarán qué hacemos aquí.

—¡Lo olvidé! —dijo Mary asustada tapándose la boca con sus manos—. Pero dime, ¿sabías que había un jardín cerrado?

—Martha me contó que existía un jardín al que nadie había entrado y yo tenía deseos de saber cómo era.

Se detuvo mirando encantado la gris maraña de ramas que lo rodeaba.

—En la primavera todos los pájaros harán sus nidos aquí —dijo—. No hay un lugar más seguro en toda Inglaterra.

Sin darse cuenta, Mary le puso la mano sobre el brazo y susurró:

—¿Puedes decirme si habrá rosas o están todas muertas?

El se adelantó hacia el árbol más cercano y sacó un grueso cuchillo de su bolsillo para hacer algunos cortes en las ramas.

—Hay mucha madera seca que debe ser cortada —dijo—. Pero algunas ramas florecieron el año pasado y aquí viene un nuevo brote.

—¿De verdad que florecerá? —preguntó Mary, tocando el brote con reverencia.

—Está tan viva como tú o como yo —dijo Dickon, sonriendo abiertamente.

—¡Qué felicidad! —exclamó la niña llena de excitación—. ¿Por qué no recorremos el jardín y contamos cuántas brotarán?

Dickon parecía igualmente entusiasmado cuando, al hacer algunos cortes, le explicó que las ramas verdosas o que se veían jugosas estaban vivas; en cambio, si el interior aparecía seco y se quebraba fácilmente, entonces no había más remedio que cortarlas.

Fueron de árbol en árbol y de rama en rama. El sabía muy bien usar su cuchillo para cortar la madera seca. A la media hora, Mary ya había aprendido a reconocerlas, y al ver alguna rama de aspecto marchito pero cuyo interior todavía estaba verde, estallaba en silenciosa felicidad.

Estaban trabajando junto a uno de los grandes rosales, cuando él exclamó muy sorprendido.

—¿Pero quién hizo esto?

Era uno de los lugares que Mary había limpiado para dar luz a los pequeños brotes.

—Yo lo hice —dijo Mary.

—Pero habías dicho que no sabías nada sobre jardines —exclamó.

—No sé nada —contestó la niña—, ni siquiera conozco su nombre, pero como son tan pequeñas y parecía que les faltaba espacio para respirar, limpié las malezas.

—¡Ni un jardinero pudo hacerlo mejor! —dijo el muchacho—. Ahora crecerán bien. Estos son azafranes y copitos de nieve, y aquellos narcisos y otros bulbos. ¡Has hecho un gran trabajo para ser tan pequeña! —agregó, mirándola.

—Ahora estoy más gorda y me siento más fuerte —explicó Mary—. Ya no me canso como antes y menos cuando cavo la tierra.

—¡Es estupendo para ti! —dijo Dickon moviendo la cabeza—. No hay nada mejor que el olor a tierra limpia, con excepción del fresco olor que despiden las pequeñas plantas luego de una lluvia. Cuando llueve, muchas veces salgo al páramo y me tiendo bajo los matorrales a escuchar como caen las gotas de lluvia sobre el brezo.

—¿Y no te resfrías? —preguntó Mary, observándolo. Ella jamás había conocido alguien tan divertido y tan simpático.

—¡Claro que no! —dijo Dickon —mientras sonreía haciendo una mueca—. ¡No me resfrío jamás!

Aunque charlaba con Mary, no dejaba de trabajar y ella, a su vez, ayudaba con la pala y el azadón.

—Hay mucho que hacer aquí —dijo exaltado.

—¿Vendrás nuevamente a ayudarme? —le rogó Mary—. Estoy segura de que yo también te puedo ayudar. ¡Por favor ven, Dickon!

—Si tú quieres, vendré todos los días, tanto si hay sol como si está lloviendo —contestó firmemente—. El estar encerrado aquí tratando de salvar el jardín es lo más divertido que he hecho en mi vida.

—Si haces renacer el jardín, no sabré cómo agradecértelo —dijo Mary, esperanzada.

—Yo te diré qué puedes hacer por mí —respondió Dickon, con alegre gesto—. Engordarás y tendrás tanta hambre como un zorrito. Aprenderás a hablar con el petirrojo como lo hago yo y, así, lo pasaremos estupendamente.

Recorrieron el lugar para decidir cómo lo arreglarían.

—No quiero que se parezca a otros jardines —dijo Mary—. Me encanta que crezca en forma desordenada, con ramas balanceándose y enlazándose unas con otras. De otro modo, no parecería un jardín secreto.

—Sí —dijo Dickon—, es secreto; pero creo que, además del petirrojo, alguien ha estado aquí en los últimos años.

—Pero la puerta estaba cerrada y la llave enterrada —dijo Mary:—. ¿Quién podría entrar?

—Aun así, alguien ha estado aquí y allá.

Aunque transcurrieran muchos años, Mary nunca olvidaría la primera mañana que vio cómo empezaba a florecer su jardín, no sólo en los lugares que ambos limpiaron, sino también las semillas que plantaron.

Mientras trabajaban, Mary contó a Dickon lo desgraciada que había sido en la India en casa del pastor y lo antipáticos que eran sus hijos. Entonces, volviéndose hacia él, le dijo:

—Eres tan simpático como Martha piensa que eres. Ahora son cinco las personas que me gustan y, créeme, jamás pensé que llegaría a ese número.

Dickon se sentó en sus talones y le dirigió una mirada divertida.

—¡Sólo te gustan cinco personas! ¿Y quiénes son las otras cuatro?

—Tu mamá, Martha, el petirrojo y Ben Weatherstaff.

Dickon se rió de tal manera que, para no hacer ruido, se puso los brazos alrededor de la boca.

—Sé que me consideran un muchacho raro —dijo—, pero tú lo eres aun más.

Entonces Mary le preguntó algo que jamás soñó hacer.

—¿Te gusto a ti?

—¡Por supuesto que sí! —contestó Dickon de todo corazón—. También creo que le gustas al petirrojo.

—Eso hace dos para mí —dijo Mary.

Al sentir que el reloj del patio daba el mediodía, Mary se sobresaltó. Trabajando intensamente, las horas se le habían pasado sin sentir.

—Tengo que irme —dijo apenada—. Supongo que tú también tendrás que ir a almorzar.

Dickon hizo una mueca.

—Mi almuerzo lo acarreo conmigo —repuso—. Mamá siempre me pone algo en el bolsillo.

De su chaqueta sacó, envueltos en un limpio pañuelo, gruesos pedazos de pan y tocino. A Mary no le pareció un almuerzo muy bueno, pero él se veía muy contento, mientras se sentaba a comer, apoyado contra el tronco de un árbol.

—Llamaré al petirrojo y le daré a probar una orilla de tocino —dijo—. Les encanta la grasa.

De mala gana Mary decidió partir; mas, repentinamente, se le ocurrió que quizás Dickon era una especie de hada y que no estaría cuando ella volviera. Le parecía demasiado bueno para ser verdad. Se volvió a mitad de camino.

—Espero que pase lo que pase no dirás nada a nadie —le dijo.

Con la boca llena de pan con tocino, Dickon le sonrió y le dijo alentadoramente:

—Si tú fueras un tordo que me mostrara su nido, ¿crees tú que yo lo diría a los demás? ¡Jamás lo haría! Tu jardín está tan a salvo como el nido del tordo.

Luego de escucharlo, ella tuvo la certeza de que era así.

XII

¿Puedo tener un pedazo de tierra?

Mary corrió tan rápido que llegó a su pieza casi sin resuello, con el pelo alborotado y las mejillas sonrosadas. Su almuerzo estaba servido y Martha la esperaba.

–Ha llegado tarde –le dijo.

–¡He visto a Dickon! –exclamó Mary–. ¡He visto a Dickon!

–Sabía que vendría –dijo Martha jubilosa–. ¿Y qué le pareció?

–Creo que es muy buen mozo –respondió Mary, con voz decidida.

Martha se sorprendió, pero estaba contenta.

–Bueno –dijo–. Es el mejor de los muchachos pero jamás pensé que fuera buen mozo. Su nariz es respingada y sus ojos demasiado redondos, aunque tienen un bonito color.

–Me gusta su nariz –dijo Mary–, y me encantan sus ojos, que tienen el color del cielo azul sobre el páramo.

Martha resplandecía de satisfacción.

–Mamá dice que tienen ese color de tanto mirar pájaros y nubes. Pero su boca es muy grande.

–Me gusta su boca –dijo Mary obstinadamente–. ¡Cómo me gustaría que la mía fuera así!

Martha rió encantada.

–¿Le gustaron las semillas y las herramientas de jardín? –preguntó.

–¿Cómo sabe que las trajo? –preguntó Mary.

–Jamás pensé que no las traería; Dickon es un muchacho en quien se puede confiar.

Cuando Martha le preguntó en dónde pensaba plantar las semillas y a quién había preguntado si podía disponer de un terreno, Mary se asustó.

—No lo he pedido todavía —contestó vacilando.

Mary comió lo más rápidamente que pudo; mas, al querer salir corriendo otra vez, Martha la detuvo.

—Tengo algo que comunicarle —le dijo—. El señor Craven volvió esta mañana y quiere verla.

—¿Por qué quiere verme ahora si no quiso hacerlo cuando llegué? —preguntó, muy pálida.

—Bueno —dijo Martha—, creo que se debe a mamá. Ella se encontró con el señor Craven esta mañana y le dio a entender que sería bueno que la viera antes de partir nuevamente.

—¡Así es que se va de nuevo! —exclamó Mary—.

¡Cuánto me alegro!

—Sí, y esta vez por largo tiempo. Probablemente no volverá hasta el otoño o el invierno —le dijo Martha.

Si él no volvía por varios meses, pensó la niña, por lo menos tendría tiempo de observar cómo renacía su jardín, aunque al regresar descubriera su secreto.

En ese momento se abrió la puerta y entró la señora Medlock con su mejor vestido negro. Estaba nerviosa y excitada.

—Su pelo está desordenado —dijo rápidamente—. ¡Vaya a cepillárselo! Martha la ayudará a ponerse su vestido nuevo porque la tengo que llevar al escritorio del señor Craven.

Las mejillas de Mary se tornaron pálidas y pronto volvió a ser la niña altanera, poco atractiva y silenciosa de antes. No pronunció ni una palabra mientras se vestía, ni tampoco al seguir al ama de llaves a través de los innumerables corredores. ¿Qué podía decir? A ella la obligaban a ver al señor Craven y estaba segura de que ella no le gustaría, como tampoco él le gustaría a ella.

Se encaminaron hacia un ala de la casa en la cual no había estado con anterioridad. Por fin, el ama de llaves golpeó en una puerta y al oír: "¡Entre, por favor!", ella abrió y ambas se encontraron frente a un hombre sentado en un sillón, junto al fuego.

—Esta es la señorita Mary —dijo el ama.

—Puede irse y dejarla aquí. La llamaré cuando tenga que llevarla de vuelta —dijo el señor Craven.

Mary esperó de pie retorciéndose las manos. Ella podía ver que el hombre sentado frente a ella no era precisamente jorobado sino, más bien, tenía los hombros torcidos. Su negra cabellera estaba salpicada de rayas blancas. El volvió su cabeza por sobre sus altos hombros y le habló:

—¡Ven acá!

Mary se le acercó. El no era feo; incluso su cara habría sido atrayente si no hubiera dado la impresión de que él no sabía qué hacer con ella.

—¿Te encuentras bien aquí? ¿Te cuidan? —le preguntó.

—Sí—contestó Mary.

El se restregó la frente y la observó de arriba abajo.

—Eres muy delgada —dijo.

—Estoy engordando ahora —contestó la niña.

El señor Craven tenía una expresión descontenta. Sus ojos, que parecían no ver a Mary, miraban por sobre ella como si le fuera difícil mantener la vista en una persona.

—Tenía la intención de enviarte una gobernanta o una institutriz, pero lo olvidé —dijo.

—¡Por favor!... —empezó Mary, pero un nudo en la garganta le impidió seguir.

—¿Qué es lo que quieres decir? —preguntó él.

—¡Por favor!, por ahora no me envíe una gobernanta.

El volvió a frotarse la frente y la miró fijamente.

—¿Qué es lo que dijo la mujer Sowerby? —murmuró distraído.

Entonces Mary se envalentonó.

—¿No es la madre de Martha? —tartamudeó.

—Sí, creo que sí —replicó el señor Craven.

—Como ella tiene doce niños, sabe cómo educarlos —dijo Mary.

Pareció que él se animaba.

—¿Qué es lo que quieres hacer?

—Quiero jugar al aire libre —contestó Mary, esperando que no le temblara la voz–. A pesar de que no me gustaba hacerlo en la India, acá sí, y eso es lo que me está dando hambre y me ha hecho engordar.

Él la miraba atentamente.

–La señora Sowerby dice que te hará bien, y, quizás, tenga razón. Ella piensa que es mejor que te fortalezcas antes de empezar tus clases... ¿En dónde juegas? –le preguntó a continuación.

–En todos los lados –dijo con voz entrecortada–. La mamá de Martha me envió una cuerda de saltar y salto y corro y veo las cosas crecer de la tierra, y no le hago daño a nadie.

–¡No estés tan asustada! –le dijo con voz preocupada–. Una niña como tú no hace daño. ¡Puedes hacer lo que quieras!

Mary puso su mano en la garganta asustada de que él notara el nudo de excitación que se le había formado. Se acercó a él.

–¿De verdad que puedo?–preguntó trémula.

–¡No me mires tan asustada! –exclamó–, ¡por supuesto que puedes! Recuerda que, aunque no soy un buen tutor para ti, porque estoy enfermo, amargado y distraído, quiero que seas feliz aquí. Yo no entiendo de niños, pero la señora Medlock se encargará de que no te falte nada. Hoy te llamé porque la señora Sowerby me dijo que debía hacerlo, que su hija le había hablado de ti. Cuando ella me detuvo, pensé que era muy atrevida, pero me explicó que la señora Craven había sido muy amable con ella... –Parecía que le costaba nombrar a su señora, pero continuó–: Sin embargo, creo que es una mujer respetable y ahora, que te he visto, pienso que tiene razón. Puedes jugar todo lo que quieras. ¿Te gustaría tener algo? –le preguntó repentinamente–. ¿Quieres juguetes, libros o muñecas?

–¿Podría –dijo Mary con voz temblorosa– tener un pedazo de tierra?

En su inquietud, ella no se dio cuenta de lo extrañas que sonaron sus palabras.

–¡Tierra! –replicó él–. ¿Qué es lo que quieres decir?

–Para plantar semillas y hacer que crezcan flores –titubeó Mary.

El la observó un momento y rápidamente se pasó la mano por los ojos.

–¿Tanto te gustan los jardines? –le preguntó lentamente.

–Yo no sabía nada sobre jardines –dijo Mary–. En la India siempre hacía mucho calor o estaba enferma o cansada; aquí es diferente.

El señor Craven se levantó y caminó despacio por la pieza.

—Un pedazo de tierra —repitió él, y Mary pensó que sus palabras le habían recordado algo. Luego, al hablarle, sus negros ojos parecían suaves y cariñosos.

—Puedes tener cuanta tierra quieras —le dijo—. Me recuerdas a alguien que amaba la tierra y le maravillaba ver cómo crecían las plantas... Cuando encuentres un lugar que te guste, ¡tómalo, niña, y hazlo florecer!

—¿Puedo usar cualquier lugar que nadie necesite?

—Cualquiera —contestó—. Y ahora debes irte porque estoy cansado.

Tocó la campanilla y llamó a la señora Medlock.

—Adiós —dijo a la niña—, estaré ausente durante el verano. Señora Medlock —continuó—, ahora que he visto a la niña, creo que ella tiene que recuperarse antes de empezar sus lecciones. Dele comida sencilla y saludable, déjela correr libremente y no la vigile demasiado; ella necesita de libertad. La señora Sowerby vendrá de vez en cuando para saber si le falta algo y ella a su vez podrá ir a su casa.

El ama de llaves se sintió aliviada al saber que no tendría que vigilar muy estrechamente a Mary. Le parecía una carga molesta y había tratado de verla lo menos posible. Simpatizaba, además, con la madre de Martha.

Cuando el ama de llaves la dejó en el corredor, Mary corrió a su dormitorio en donde la esperaba Martha.

—¡Puedo tener mi jardín en donde quiera! —gritó Mary—. Todavía no me enviarán una gobernanta, veré a su mamá y podré visitar su casa.

—¡Eh! —dijo Martha encantada—, él se portó muy gentil.

—Martha —dijo Mary solemnemente—, él es encantador, sólo que tiene cara de ser una persona muy desgraciada.

Comió rápidamente y salió al jardín, porque sabía que Dickon tendría que volver a su casa. Al deslizarse por la puerta cubierta de hiedra, vio que las herramientas estaban ordenadas bajo un árbol y Dickon no se veía por ninguna parte. El jardín estaba desierto, con excepción del petirrojo que acababa de volar por sobre el muro y la observaba desde uno de los rosales.

—¡Se ha ido! —dijo apenada—. ¿O es que sólo era un hada madrina?

Repentinamente le llamó la atención que, clavado con una espina entre los arbustos, había un pedazo de papel. Era un dibujo de Dickon que representaba un nido con un pájaro y una sola palabra toscamente escrita: "¡Volveré!"

XIII

Soy Colin

A la hora de comida, Mary mostró a Martha el dibujo de Dickon.

—¡Eh! —dijo Martha muy orgullosa—. No sabía que mi hermano fuera capaz de dibujar en tamaño natural un tordo en su nido.

Al oír esto, Mary supo que el dibujo era un mensaje: significaba que Dickon mantendría el secreto. Su jardín era su nido y ella era como el tordo. ¡Cómo le gustaba ese niño, a la vez extraño y sin complicaciones!

Esperando verlo al día siguiente, se quedó dormida. Pero en Yorkshire el tiempo puede variar mucho, especialmente en primavera. Esa noche Mary despertó con el ruido de las gotas de lluvia al caer sobre las ventanas. Llovía a torrentes y el viento soplaba en las esquinas de la vieja casa y dentro de la chimenea. Mary se sentó en la cama sintiéndose muy desdichada y enojada.

—La lluvia es más antipática de lo que yo era —dijo—. Vino porque sabía que yo no quería que lloviera.

Furiosa se tiró sobre las almohadas enterrando la cara en ellas. No lloró, pero se quedó tendida odiando el ruido de la lluvia y el viento. Las grandes goteras golpeaban fuertemente la pared.

"Suena como si alguien llorara y estuviera perdido en medio del páramo", pensó.

Por cerca de una hora se dio vueltas en la cama sin lograr dormir. De pronto, algo la hizo sentarse en la cama.

Escuchó atentamente.

—Ahora no es el viento —dijo en un murmullo—. Es diferente, es el mismo llanto que escuché antes.

Como su puerta estaba entreabierta, se pudo dar cuenta de que ese llanto quejumbroso provenía de la parte más alejada del corredor. Mientras más escuchaba más se convencía de que tenía que saber quién lloraba. Esto le pareció más extraño que el jardín secreto o que la llave enterrada. Quizás su propia rebeldía la hizo sentirse intrépida.

–Iré a ver –dijo–. Todos están en cama y no me importa lo que diga la señora Medlock.

Tomó la palmatoria de su velador y sin hacer ruido, salió de su habitación al corredor largo y obscuro.

Creía recordar dónde tenía que doblar para encontrar la puerta cubierta por la tapicería, tras la cual caminaba el ama de llaves el día que ella se encontraba perdida. El sonido provenía del pasadizo. Alumbrándose con la vela, trataba de hallar el camino, mientras su corazón latía tan fuerte que le parecía poder escucharlo. Como el llanto continuaba, le fue fácil guiarse por él, aunque en varias ocasiones titubeó sin saber qué camino tomar. Por fin se encontró frente a la puerta con la tapicería. La empujó suavemente y cerró tras ella. Ahora podía oír con claridad el llanto: procedía de detrás de una puerta situada a su izquierda, bajo la cual se vislumbraba una luz. Alguien muy joven lloraba en esa habitación.

Mary abrió la puerta y se detuvo. Era una enorme pieza con bellos muebles. El fuego resplandecía desde la chimenea y una luz de vela iluminaba una cama con cuatro pilares de la que pendían cortinajes de brocado. En ella, un niño lloraba quejumbrosamente. Mary se preguntó si se encontraba en un lugar real o estaba soñando. El niño tenía una cara aguzada de delicado color marfil, con unos ojos que parecían demasiado grandes. Una gran mata de cabello le caía en mechones sobre la frente, lo que le empequeñecía aun más la cara. Tenía aspecto de niño enfermo, pero no parecía llorar de dolor sino, más bien, de cansancio y de rabia.

Mary, de pie en el umbral, contuvo la respiración. Luego dio unos pasos dentro de la pieza y, a medida que se acercaba, la luz atrajo la atención del niño. Este volvió la cara y la miró fijamente con sus grises ojos tan abiertos, que se veían enormes.

–¿Quién eres? –le preguntó en un murmullo asustado–. ¿Eres un fantasma?

–No, no lo soy –contestó Mary, también en un murmullo, aunque algo menos asustada–. ¿Es que tú lo eres?

El la miraba y la miraba tanto que Mary no pudo dejar de notar cuan extraños eran sus grises ojos rodeados de negras pestañas.

–No –contestó, luego de un momento–, soy Colin.

–¿Qué Colin?

–Soy Colin Craven; y tú, ¿quién eres?

–Soy Mary Lennox y el señor Craven es mi tío.

–El es mi padre –dijo el niño.

—¡Tu padre! —se asombró Mary—. Nadie me dijo que tenía un hijo. ¿Por qué no me lo dijeron?

—¡Acércate! —dijo el niño, con expresión ansiosa.

Ella se acercó a la cama y él le tocó la mano.

—¿Eres real, verdad? —dijo—. A veces sueño cosas tan reales que tú puedes ser parte de un sueño.

Antes de salir de su dormitorio, Mary se había puesto un chal de lana y ahora puso una de sus puntas entre los dedos del niño.

—Apriétalo y verás qué grueso y caliente es —dijo—. O, si quieres, te puedo pellizcar para demostrarte cuan real soy. Por un momento, yo también pensé que tú eras parte de un sueño.

—¿De dónde vienes? —preguntó él.

—De mi dormitorio. El viento soplaba tan fuerte que no podía dormir, y al oír que alguien lloraba quise saber quién era. ¿Por qué estabas llorando?

—Porque tampoco podía dormir y me duele la cabeza. Repíteme tu nombre.

—Mary Lennox. ¿Pero no te dijeron que vine a vivir aquí?

Él continuaba restregando el chal, aun cuando parecía que ahora creía que ella era real.

—No —contestó—. Quizás no se atrevieron.

—¿Por qué? —preguntó Mary.

—Porque la gente me asusta y no dejo que nadie me vea o me hable.

—¿Pero por qué? —insistió Mary, cada vez más desconcertada.

—Porque siempre estoy enfermo y tendido en cama. A mi padre tampoco le gusta que me hablen y a los empleados no les permiten que discutan sobre mi persona. Si llego a grande, seré un jorobado; pero no viviré. Mi padre odia la idea de que pueda parecerme a él.

—¡Pero qué casa más extraña! —dijo Mary—. Todo aquí es secreto, piezas y jardines cerrados con llaves. Y tú, ¿también estás encerrado?

—No, yo me quedo aquí porque prefiero no salir. Me canso demasiado.

—¿Tu padre viene a verte? —aventuró Mary.

—Algunas veces, pero en general cuando estoy dormido. El no quiere verme.

—¿Por qué? —no pudo dejar de preguntar Mary.

Una especie de sombra tormentosa pasó por la cara del niño.

—Al nacer yo, mi madre murió. Por eso mi padre se siente desgraciado al verme. El cree que yo no lo sé, pero lo escuché hace tiempo. El casi me odia.

—Desde que ella murió, él odia el jardín —dijo Mary medio hablando para sí.

—¿Qué jardín? —preguntó el niño.

—Es solamente el jardín que a ella le gustaba —tartamudeó Mary—. ¿Has estado siempre aquí?

—Casi siempre. En ocasiones me han llevado cerca del mar, pero no me gusta porque la gente me mira. Antes usaba un aparato de fierro para sostener mi espalda. Pero un gran doctor londinense vino a verme y dijo que era estúpido que lo usara, pero en cambio sugirió que me sacaran al aire. Pero odio el aire y no quiero salir.

—A mí tampoco me gustaba al llegar acá —dijo Mary—. ¿Por qué me miras de ese modo?

—Porque los sueños son tan reales —contestó apenado—. A veces, cuando abro los ojos, no puedo creer que estoy despierto. No quiero que tú seas un sueño.

—¡Pero si estamos despiertos! —dijo Mary abarcando con la mirada el alto techo, los obscuros rincones y el fuego que apenas alumbraba—. Parece un sueño porque estamos en medio de la noche y, con excepción nuestra, el resto de la casa duerme.

En esto a Mary se le ocurrió algo:

—¿Si no te gusta que te vean, no quieres que me vaya?

—No —dijo—, si te vas pensaré que era un sueño; pero si eres real, siéntate en ese piso y háblame de ti.

Mary dejó a un lado la vela y se sentó en un taburete acolchado. Ella no deseaba partir, prefería quedarse en esta pieza escondida y hablar con el niño misterioso.

—¿Qué quieres que te cuente?

—Quiero saber desde cuándo vives aquí, en dónde queda tu dormitorio y qué haces durante el día. También quiero saber si te gusta el páramo y en dónde vivías antes de llegar a Yorkshire.

Ella contestó a sus preguntas mientras él tendido sobre sus almohadas la escuchaba atentamente. Mary se dio cuenta de que, por ser inválido, apreciaba las cosas en forma diferente a otros niños. Desde chico sabía leer y pasaba los días leyendo o mirando las ilustraciones de preciosos libros. Aun cuando su padre rara vez lo visitaba, le daba toda clase de cosas maravillosas para que se entretuviera. Pero aun así, parecía estar siempre aburrido.

–Todos están obligados a hacer lo que yo quiero, porque si me enojo me enfermo –dijo indiferentemente–. Además, nadie cree que llegaré a grande –continuó como si estuviera acostumbrado a la idea y ya no le importara.

Parecía gustarle la voz de Mary, puesto que medio adormecido seguía escuchándola con interés. Ella pensó que se había dormido, pero en ese momento él le hizo una pregunta que les dio un nuevo tema de conversación. –¿Cuántos años tienes?

–Tengo diez años y tú también –contestó, olvidando toda prudencia.

–¿Cómo lo sabes? –preguntó el niño sorprendido. –Porque cuando naciste la puerta del jardín fue cerrada y enterraron la llave, y de eso hace diez años.

Colin, muy interesado, se sentó volviéndose hacia ella. –¿Qué puerta del jardín se cerró? ¿Dónde enterraron la llave? ¿Quién lo hizo? –preguntó.

–Es el jardín que odia el señor Craven –dijo Mary muy nerviosa–. El cerró la puerta y nadie sabe dónde enterró la llave.

–¿Qué clase de jardín es? –persistió Colin. –No está permitido entrar –contestó cautelosamente Mary.

Pero ya era demasiado tarde para usar de cautela. Colin se parecía a ella: el no tener nada en qué pensar hacía que se sintiera atraído por la idea de un jardín secreto. Por eso sus preguntas eran innumerables.

–Nadie habla sobre él; creo que los han obligado a guardar silencio.

–Yo haré que me lo digan –dijo Colin. –¿De verdad puedes? –titubeó Mary, empezando a asustarse. Si él hacía preguntas quién sabe lo que podía suceder.

–Todos me obedecen, porque este lugar algún día será mío.

Mary jamás pensó que ella hubiera sido una niña consentida, pero se daba cuenta de que este misterioso niño lo era. El creía que el mundo le pertenecía; además, a ella le parecía muy peculiar la forma que él tenía de hablar de que no viviría.

–¿De verdad crees que no vivirás? –le preguntó ansiosa y también deseosa de desviar su atención del jardín.

–Eso creo –contestó indiferente–. Mi doctor, que es un primo de papá, lo cree.

El es pobre y si yo muero él heredará Misselthwaite a la muerte de mi padre; por eso creo que él desea que yo no viva.

–¿Quieres vivir? –preguntó Mary.

–No –contestó cansadamente–, pero tampoco quiero morir. Cuando estoy enfermo pienso mucho en ello y lloro mucho.

–Te he oído llorar tres veces –dijo Mary–, pero no sabía quién eras. ¿Por qué llorabas?

Ella quería que él olvidara el jardín, pero él insistió.

–Mejor hablemos de otra cosa, por ejemplo del jardín. ¿Te interesaría verlo?

–Sí –contestó Mary en voz baja.

–Yo quiero verlo –insistió él–. Creo que jamás quise ver algo. Quiero que desentierren la llave, abran la puerta y me lleven en mi silla, así tomaré aire.

A medida que crecía su entusiasmo, sus ojos brillaban como estrellas. Mary, en cambio, afligida, apretaba sus manos pensando que todo se echaría a perder. Dickon no volvería al jardín y ella no sería nunca más como el tordo con su nido escondido y seguro.

–¡Por favor, no lo hagas! ¡Por favor! –gritó.

Él la miró como si estuviera loca.

–¿Por qué? –exclamó–. ¿No dijiste que lo querías ver?

–Por supuesto que quiero –dijo casi en un sollozo–. Pero si haces abrir la puerta y que te lleven, ya no será un secreto.

Él se inclinó aun más hacia adelante y preguntó:

–¡Un secreto! ¿Qué quieres decir?

Las palabras de Mary salieron atropelladas.

–¡Entiende! –exclamó–. Si nadie sabe fuera de nosotros que es posible que exista una puerta escondida, tal vez podríamos encontrarla y, al cerrarla detrás de nosotros, nadie sabría que estábamos dentro del jardín. Pretenderíamos que somos tordos y que el jardín es nuestro nido. Podríamos ir cada día, cavar, plantar y ver cómo renace el jardín.

–¿Está seco? –la interrumpió– él.

–Lo estará si nadie se preocupa por él –continuó ella–. Los bulbos florecerán, pero no así las rosas...

Nuevamente él la interrumpió entusiasmado:

—¿Qué son bulbos?

—Pequeñas plantas que tratan de brotar cuando llega la primavera.

—¿Llegó ya la primavera? —preguntó el niño—. ¿Cómo es? No se la ve en los dormitorios.

—Es el sol que brilla en la lluvia y la lluvia cae cuando hay sol. Entonces, en ese momento, las cosas tratan de brotar de la tierra —dijo Mary—. Si el jardín fuera secreto, podríamos ir cada día y ver brotar lo que pudiera salvarse. ¿No te das cuenta de que sería mucho mejor si fuera un secreto?

El se tendió nuevamente en la cama con una rara expresión en su cara.

—Jamás he tenido un secreto —dijo—, excepto que los que me rodean no saben que sé que no llegaré a grande. Pero prefiero esta otra clase de secreto.

—Si tú no pides que te abran el jardín —rogó Mary—, estoy segura de que algún día lograré entrar en él. Y como el doctor quiere que tomes aire y tú haces lo que quieres, podemos encontrar un niño que te empuje y así iríamos solos, y continuaría siendo un jardín secreto...

Mary respiró más tranquila al darse cuenta de que la idea le gustaba a Colin. Ella estaba segura de que si le seguía hablando del jardín y hacía que él con su imaginación lo viera como ella lo había visto, le gustaría tanto que no permitiría que otros se lo estropearan.

—En caso de que podamos entrar, te diré como creo que puede ser—dijo ella.

El se mantuvo muy quieto, escuchándola explicarle cómo quizás las rosas habrían crecido o de los posibles nidos de pájaros.

Le habló largamente del petirrojo y de Ben Como el niño sonreía al escuchar las historias del pajarito ella se sintió menos asustada. “La sonrisa lo hace verse casi buen mozo”, pensó Mary. Al principio lo había encontrado incluso menos agraciado que ella misma.

—Como he vivido encerrado, no sabía que los pájaros actuaban así. Tú sabes muchas cosas. Estoy pensando que quizás tú has estado dentro del jardín.

Ella no supo qué contestar, pero calló al ver que él no esperaba una respuesta. Poco después, el niño le dio una sorpresa.

—Te voy a mostrar algo —le dijo—. ¿Ves aquella cortina de seda color rosa que cuelga sobre la repisa de la chimenea?

Mary no la había visto y pensó que sería un cuadro.

–Hay un cordón que cuelga de él, por favor, tíralo.

Muy perpleja, Mary tiró del cordón. La cortina corrió descubriendo un retrato de una niña riendo. Tenía el pelo brillante y amarrado con una cinta azul. Sus alegres ojos eran iguales a los tristes ojos de Colin.

–Ella es mi mamá –dijo Colin quejándose–. No sé por qué murió. A veces la odio por haberlo hecho. Si ella no hubiera muerto, yo no estaría siempre enfermo. Incluso, puede que a mi padre no le importara mirarme o, quizás, mi espalda fuera más fuerte. Mejor corre la cortina nuevamente.

Mary hizo lo que le pedía y volvió a su asiento.

–Aunque ella es más linda que tú, tiene tu misma forma y color de ojos. ¿Por qué la cubre la cortina?

El se movió inconfortable.

–Yo la hice poner –dijo–. Cuando estoy enfermo y me siento mal, me molesta que sonría todo el tiempo. Además, ella es mía y no quiero que cualquier persona la vea.

Por unos minutos guardaron silencio; luego Mary preguntó:

–¿Qué hará la señora Medlock si sabe que he estado aquí?

–Ella hará lo que yo diga –contestó él–. Además, le diré que quiero que vengas todos los días a conversar conmigo. Estoy muy contento de que hayas venido.

–Yo también lo estoy –dijo Mary–. Vendré lo más seguido que pueda, pero... –vaciló– tendré que buscar la puerta del jardín.

–¡Sí, por supuesto! –dijo Colin–, y después me cuentas.

Guardó silencio durante un momento y, luego, agregó:

–Creo que tú también serás un secreto. No lo diré mientras no lo descubran. Puedo enviar fuera a la enfermera, diciendo que quiero estar solo. ¿Conoces a Martha?

–La conozco muy bien –dijo Mary–; ella me ayuda.

Él indicó con la cabeza la habitación vecina.

–Ella está durmiendo allí porque la enfermera tenía que salir. Martha te indicará cuándo puedes venir.

En ese momento Mary entendió la preocupación de Martha cuando ella le preguntó quién lloraba.

—He estado mucho tiempo aquí —dijo Mary—. ¿Me voy ahora? Parece que tienes sueño.

—Antes de que te vayas, me gustaría quedarme dormido —dijo con vergüenza.

—Cierra los ojos —replicó Mary acercándose—. Haré lo que hacía mi aya en la India. Te acariciaré la mano y te cantaré algo suave.

—Creo que eso me gustará —dijo el niño, adormilado.

Ella tenía compasión por él y no quería que se quedara despierto; por eso empezó a acariciarle la mano y entonó una canción hindú.

—Me gusta —dijo él, cada vez más soñoliento.

Por fin sus negras pestañas cayeron sobre sus mejillas al cerrar los ojos y quedarse profundamente dormido. Mary se levantó silenciosa, tomó la palmatoria y se deslizó suavemente fuera de la pieza.

XIV

El joven raja

El páramo había desaparecido tras la neblina mañanera y la lluvia no había cesado de caer en toda la noche. No podría salir fuera. En la tarde Mary le pidió a Martha que se sentara con ella. Esta trajo su tejido, el que no abandonaba cuando no tenía otra cosa que hacer.

—¿Qué le pasa? —le preguntó en cuanto se sentó—. Parece que quiere decirme algo.

—Descubrí quién lloraba —dijo Mary. —¡No puede ser! —exclamó.

—Lo oí durante la noche —continuó Mary—, me levanté y encontré a Colin.

La cara de Martha se puso roja del susto. —¡Pero señorita Mary! —dijo casi llorando—, no debiera haberlo hecho. Yo jamás le conté nada sobre él y ahora perderé mi trabajo. ¡Qué hará mi mamá!

—No perderá su trabajo —dijo Mary—. Colin estaba contento de verme y conversamos mucho.

—¿De verdad que estaba contento? ¿Está segura? Usted no sabe cómo se pone cuando algo lo molesta. Si se enoja, grita para asustarnos; sabe muy bien que no osamos contradecirlo.

—El no estaba enojado y no quería que me viniera. Incluso me mostró el retrato de su mamá. Martha quedó boquiabierta.

—Casi no lo puedo creer —exclamó—. Si él se hubiera encontrado como acostumbra, habría despertado a toda la casa con su rabieta. No deja que los extraños lo vean. Pero, ¡qué voy a hacer! Si la señora Medlock se entera, pensará que desobedecí sus órdenes.

—Por el momento será un secreto —dijo firmemente Mary—. El quiere que vaya a conversar con él enviándome recado con usted.

—Entonces quiere decir que lo embrujó —decidió Martha, dando un largo suspiro.

—¿Qué es lo que tiene? —preguntó Mary.

—Nadie lo sabe exactamente —dijo Martha—. Cuando nació y murió la señora, el señor Craven casi se volvió loco. Incluso los doctores pensaron que tendrían que llevarlo a un manicomio. El no quería ver al niño y desvariaba diciendo que si era un jorobado como él, preferiría que muriera.

—¿Colin es jorobado? A mí no me lo pareció —dijo Mary.

—Todavía no lo es. Pero todo empezó mal. Mi mamá dice que desde chico pensaron que tendrían que mantenerlo tendido en cama. No lo dejaban caminar por temor a que su espalda no resistiera. Luego, un famoso doctor de Londres que vino a verlo le hizo quitar unos fierros que le habían colocado y le dijo al médico de la familia que le habían dado demasiadas medicinas y que lo habían dejado hacer lo que él quería.

—Creo que es un niño muy regalón —dijo Mary.

—Ahora está peor que nunca. Claro que en varias ocasiones ha estado gravemente enfermo. Un día creyendo que no la oía, la señora Medlock comentó delante de él que lo mejor que podía suceder era que muriera. De pronto vio a Colin mirándola fijamente y él le dijo: "Déjese de hablar y tráigame sopa".

—¿Cree que morirá? —preguntó Mary.

—Mamá dice que no existe ninguna razón para que no viva, si toma aire fresco y no pasa todo el día tendido de espaldas leyendo y tomando remedios. El es débil y no le gusta molestarse en salir. Además, se enfría con facilidad y cae enfermo.

Mary miraba pensativa el fuego.

—Me pregunto —dijo despacio— si le haría tan bien como a mí salir al jardín y ver cómo crecen las cosas.

—Una de las peores rabietas la tuvo un día que lo llevaron junto a las rosas del estanque. Acto seguido empezó a estornudar y uno de los jardineros que no lo conocía pasó por su lado y lo miró con curiosidad. Esto le dio un ataque de rabia, al creer que lo miraba porque iba a ser jorobado. Lloró de tal manera, que esa noche enfermó gravemente.

—Si se enoja conmigo, no iré a verlo nunca más —dijo Mary.

—Si él lo quiere, tendrá que ir —le contestó Martha—. Es mejor que lo sepa desde ahora.

Poco después sonó la campanilla. Era la enfermera que llamaba a Martha para que se quedara con el niño. A los pocos minutos volvió con cara perpleja.

—No hay duda de que lo embrujó —dijo—. Colin, sentado en el sofá rodeado de sus libros, ordenó a la enfermera que no volviera hasta las seis y me dijo: "Quiero que venga Mary Lennox a conversar conmigo y acuérdese de no decir nada a nadie".

Mary partió de inmediato. Aun cuando hubiera preferido ver a Dickon, también le interesaba conversar con Colin.

Al entrar en la habitación del niño, por primera vez a la luz del día, se dio cuenta de que era un dormitorio muy hermoso. Tanto las cortinas como los tapices tenían colores brillantes, y los libros y cuadros hacían que la pieza se viera confortable, a pesar del cielo gris y la lluvia que caía. Colin parecía un cuadro. Envuelto en una bata de terciopelo, se encontraba acomodado sobre cojines de brocado y sus mejillas estaban muy rojas.

–¡Entra! –dijo–, toda la noche he pensado en ti. –Yo también pensé en ti –le respondió la niña–. No te imaginas lo asustada que está Martha, cree que le echarán la culpa de haberme contado y perderá su empleo.

El frunció el entrecejo.

–Anda a la pieza del lado y dile que venga.

Martha entró temblando y Colin le habló severamente.

–¿Es que no sabes que tanto tú como los demás empleados deben hacer lo que yo les pido?

–Sí, señor –dijo Martha.

–Si yo te ordeno que traigas a la señorita Mary nadie osará reprenderte –dijo el joven señor.

–Yo sólo quiero cumplir con mi deber, señor.

–Tu deber es hacer lo que yo quiero que hagas. Ahora puedes marcharte –dijo Colin con voz grandiosa.

Cuando la puerta se cerró tras Martha, Colin vio que Mary lo miraba fijamente.

–¿Por qué me miras así? –le preguntó–. ¿En qué estás pensando?

–Pienso en dos cosas –dijo Mary sentándose en un piso a su lado–. La primera es que una vez en la India vi a un joven raja que hablaba a la gente como tú lo acabas de hacer. Todos le tenían que obedecer, de lo contrario, probablemente los mandara matar.

–Más adelante quiero que me cuentes sobre los rajaes; ahora quiero saber qué otra cosa estabas pensando.

–Pensaba –dijo Mary–, cuan diferente eres de Dickon.

—¿Quién es Dickon? —dijo—. Qué nombre tan extraño.

—Es el hermano de Martha y tiene doce años —explicó—. No se parece a ninguna otra persona, puesto que es capaz de encantar a los animales y pájaros, tal como los nativos de la India hacen con las serpientes. Cuando Dickon toca su flauta, los animales se acercan a oírlo.

Tomando uno de los libros, él le mostró un maravilloso dibujo de un encantador de serpientes.

—¿Puede Dickon hacer eso? —le preguntó ansiosamente.

—Como él ha vivido toda su vida en el páramo, conoce la manera de atraer a los animales y pájaros.

Colin se sentó sobre los cojines y con las mejillas más rojas que nunca le pidió:

—Cuéntame más sobre él.

Ella le contó cómo Dickon sabía guardar los secretos de los animales y pájaros, y varios pormenores de lo mucho que conocía con respecto al páramo.

—¿Le gusta el páramo? —preguntó Colin—. Es un lugar tan enorme, vacío y monótono.

—¡Es precioso! —protestó Mary—. Crecen miles de pequeñas cosas y cientos de criaturas hacen sus nidos en él.

—Y tú, ¿cómo lo sabes? —dijo Colin, volviéndose a mirarla.

—En realidad no he estado ahí —recordó repentinamente Mary—. Sólo lo crucé una noche y en esa ocasión me pareció espantoso. Más tarde, cuando Martha y Dickon me hablaron de él, cambié de opinión. En cuanto Dickon te explica algo, sientes la impresión de que tú también lo has visto y oído.

—Cuando se está enfermo no se ve nada —dijo Colin nervioso—. Su mirada era la de una persona que escucha algo en la distancia sin saber de qué se trata.

—Claro que si te quedas dentro de la casa no puedes ver nada —dijo Mary.

—No puedo ir al páramo —respondió ofendido.

Mary se quedó silenciosa y luego dijo valientemente:

—Bien podrías ir en alguna ocasión.

El se movió sorprendido y le preguntó:

—¿Cómo puedo ir al páramo si voy a morir?

—¿Y cómo lo sabes? —le dijo ella sin ninguna simpatía. No le gustaba la forma en que él hablaba de morir. Le parecía que se jactaba de ello.

—Desde que puedo recordar lo he estado escuchando —dijo—. Ellos quieren que muera.

Mary se enojó. Se mordió los labios y dijo:

—Si ellos lo quieren, yo no lo querría. ¿Quién quiere que mueras?

—Los empleados y, por supuesto, el doctor Craven porque heredaría Misselthwaite y dejaría de ser pobre. Claro que no se atreve a decirlo, pero cada vez que me enfermo se le ve muy contento. Incluso pienso que mi padre lo desea.

—No lo creo —replicó Mary obstinadamente.

—¿De verdad no lo crees? —dijo Colin reclinándose en los cojines.

Por largo rato se quedaron silenciosos, como si reflexionaran sobre cosas que, por lo general, los niños no piensan.

—Me gusta el doctor londinense porque te sacó los fierros —dijo Mary—. ¿Te dijo acaso que ibas a morir?

—No, solamente le escuché decir muy enojado que si me lo proponía, viviría. Que debían tratar de hacérmelo entender.

—Yo creo que Dickon podría intentarlo —dijo Mary reflexionando—. El siempre habla de cosas vivas, jamás de cosas muertas o enfermas.

Ella acercó su piso al sofá y le dijo:

—No hablemos de morir, no me gusta. ¿Por qué no hablamos sobre los vivos? Conversemos sobre Dickon y luego miremos tus libros.

El referirse a Dickon fue lo mejor que ella pudo hacer. Ello representaba hablar del páramo y de sus habitantes. De la mamá de Dickon, de la cuerda de saltar, del sol y los verdes brotes que salían de la negra tierra. Todo ello estaba vivo. Mary habló largamente mientras Colin escuchaba con gran atención. Juntos rieron de pequeñeces e hicieron tanto ruido como cualquier otro niño. Ese día, la niña sin cariño y el niño enfermo que creía que iba a morir gozaron de estar juntos.

—¿Sabes que hay algo que no hemos mencionado? —preguntó Colin—. Somos primos...

Esto les pareció tan extraordinario que rieron aun más. En medio de la risa se abrió la puerta y entraron el doctor Craven y la señora Medlock.

Al ver a los niños, el doctor se alarmó y retrocedió sorprendido. La señora

Medlock casi se cayó de espaldas al ser empujada por él.

—¡Gran Dios! —exclamó la pobre ama de llaves con los ojos desorbitados.

—¿Qué significa esto? —preguntó el doctor Craven.

Colin contestó como si la alarma del doctor y el terror de la señora Medlock no tuvieran importancia.

—Esta es mi prima Mary Lennox —dijo—. Yo le pedí que viniera a conversar conmigo. Ella deberá hacerlo cada vez que yo se lo pida.

El doctor Craven se volvió con mirada de reprobación hacia la señora Medlock.

—No sé cómo ha sucedido, señor —contestó el ama—. Los empleados tienen orden de no hablar y jamás lo harían.

—Nadie ha dicho nada —dijo Colin—. Ella me escuchó llorar y vino a verme. Estoy muy contento de que lo haya hecho. No sea tonta, señora.

Mary se dio cuenta de que el doctor estaba disgustado. Sin atreverse a contradecir al niño, se sentó a su lado y le tomó el pulso.

—Me temo que estás muy excitado y sabes perfectamente que no te hace bien —dijo.

—Me excitaré si mi prima no viene —contestó Colin con los ojos peligrosamente brillantes—. Estoy mucho mejor, por lo que tomaré el té con ella.

Tanto el doctor como el ama se miraron perturbados, mas evidentemente no había nada que hacer.

—En realidad tiene mejor cara —aventuró la señora Medlock.

El doctor no se quedó por mucho tiempo, pero antes de partir dio instrucciones sobre Colin. Entre ellas, que no hablara demasiado porque se cansaba rápidamente. Al oírlo, Mary pensó que no lo dejaban olvidar las cosas desagradables.

Descontento, Colin dijo al doctor:

—Mary me hace olvidar los malos momentos, por eso quiero que venga a verme.

Al abandonar la habitación, el doctor no parecía satisfecho. Dio una perpleja mirada a la niña sentada en el piso, la que silenciosa y rígida no daba la impresión de ser una compañía muy atractiva. Con un profundo suspiro, salió al corredor, mientras pensaba que en realidad el niño tenía mejor aspecto.

—Siempre me hacen comer cuando no quiero —dijo Colin al ver a la enfermera entrar con la bandeja del té—. Pero si comes conmigo de esos panecitos calientes, yo también comeré. Y ahora cuéntame sobre los rajaes.

XV

Contruyendo el nido

Luego de otra semana de lluvia, de nuevo apareció el alto arco del cielo con un sol que calentaba fuertemente. Aun cuando Mary no había podido ir al jardín secreto ni ver a Dickon, se había divertido mucho conversando con Colin. Miraron espléndidos libros y, en más de una ocasión, leyeron por turnos. Cuando el niño estaba entretenido, Mary olvidaba que era inválido.

Un día la señora Medlock le dijo a Mary: –Usted actuó muy astutamente la noche que salió de su dormitorio tratando de averiguar lo que pasaba. Pero ha sido una bendición para todos. Desde que se hicieron amigos, él no ha tenido rabietas, e incluso la enfermera, que tenía la intención de abandonar su puesto, ha decidido quedarse.

Al conversar con Colin sobre el jardín secreto, la niña era muy cauta. Quería averiguar, sin hacerle preguntas directas, si era la clase de niño que podía guardar un secreto. Sin demostrar tanto interés como Dickon, a Colin también le entusiasmaba la idea de un jardín escondido, lo que tal vez indicaba que se podía confiar en él.

Mary pensaba en la posibilidad de llevarlo al jardín sin que los demás lo descubrieran. Creía firmemente que el aire fresco, Dickon, el petirrojo y el ver crecer las plantas, le harían olvidar su obsesión por la muerte. Días atrás, al mirarse en un espejo, ella se percató de lo mucho que había cambiado desde su llegada de la India; incluso Martha lo había notado. Podía ser que a Colin le sucediera otro tanto, aunque era posible que no aceptara que Dickon lo mirara.

–¿Por qué te enojas cuando te miran? –le preguntó un día.

–Siempre lo he odiado –contestó–. Incluso de pequeño. Cuando me sacaban en la silla, la gente se paraba a hablar con la enfermera sobre mí. Otras personas me palmeaban la cara y decían: "¡Pobre niño!". En una ocasión grité y le mordí la mano a una señora; ella se asustó tanto que salió corriendo.

–Me extraña que no gritaras la noche que entré a tu pieza –dijo Mary sonriendo.

–Creí que eras un fantasma o un sueño, y éstos no desaparecen si gritas.

–¿Te enojarías si un niño te viera? –preguntó con cierta incertidumbre.

–Hay un niño –dijo lentamente, como si pensara cada palabra– que no me importaría. El es Dickon, que sabe en donde viven los zorros y encanta a los animales.

Esta conversación dio a Mary la certeza de que no tenía que temer por Dickon.

La primera mañana que el cielo mostró su color azul, Mary despertó temprano. Tan alegres eran los rayos del sol que traspasaban las persianas, que saltó de la cama, abrió la ventana y, junto con aspirar el aire fragante, vio el páramo que se extendía ante sus ojos. Su color azul le pareció obra de magia.

Corrió hacia fuera deteniéndose a observar el pasto que en pocos días se había tornado verde intenso. El sol la calentaba mientras escuchaba los gorjeos y cantos provenientes de los matorrales. Juntó sus manos y alegremente miró los colores primaverales mientras sentía el impulso de cantar muy fuerte, tal como lo hacían en ese momento tordos y petirrojos. Sin poder contenerse, corrió a través de los senderos hacia el jardín secreto.

—Se ve diferente —dijo—. El pasto está más verde, todo florece y las hojas se están desarrollando. Estoy segura de que esta tarde vendrá Dickon.

La larga e intensa lluvia había tenido extraños efectos en las plantas que bordeaban el muro. Por aquí y por allá se vislumbraban tallos púrpura y amarillos. Seis meses atrás la señorita Mary no se habría dado cuenta de que el mundo despertaba; en cambio ahora no perdía detalle.

Al llegar a la puerta cubierta de enredaderas, oyó el graznido de un cuervo que la miraba desde lo alto del muro. Jamás había visto uno tan de cerca y se sintió inquieta. Poco después el pájaro despegó sus alas y voló sobre el jardín secreto posándose sobre las ramas de un manzano enano a cuyos pies había un animalito de cola rojiza. Ambos observaban el cuerpo encorvado y la cobriza cabellera de Dickon quien, de rodillas, trabajaba arduamente.

—¡Oh Dickon! —gritó—. ¿Cómo pudiste llegar tan temprano? El sol apenas se está levantando.

El se enderezó riendo entusiasmado.

—¡Eh! —dijo—. Me levanté antes que él. ¡Cómo podía quedarme en cama cuando esta mañana el mundo empieza a renovarse! Los pájaros construyen sus nidos y el suelo despide nuevas fragancias. Al salir el sol, el páramo saltó de gozo y yo lo atravesé cantando porque sabía que el jardín me esperaba.

—¡Dickon!, estoy tan feliz que apenas puedo respirar —dijo Mary entusiasmada.

Al ver que el niño conversaba con una criatura extraña, se acercaron el animalito de cola roja y el cuervo.

—Esta es la cría del zorro y su nombre es Captain —dijo, sobando la pequeña cabeza—. Este es Soot. Ambos vinieron conmigo desde el páramo.

Ninguno de los dos parecía asustado con la presencia de Mary. Caminaron a su lado mientras Dickon le mostraba cómo empezaban a brotar los floridos bulbos de variados colores. Al ver los pequeños brotes, Mary se inclinó y los besó una y otra vez ante la extrañada sonrisa de Dickon.

—No beso así a las personas —dijo ella al levantar la cabeza—. Pero las flores son diferentes.

—Cuando vuelvo de mis correrías y mi mamá me espera en la puerta de la casa, la he besado muchas veces así —dijo Dickon.

Fue tanto lo que corrieron de una parte a otra del jardín descubriendo maravillas que, en varias ocasiones, tuvieron que recordar que debían hablar bajo. El le mostraba las yemas de las mismas rosas que antes parecían muertas y las miles de pequeñas puntas verdes que trataban de salir a la superficie.

Esa mañana el jardín secreto les reveló todas las alegrías de la tierra. Un pajarito de pecho rojo llevando algo en su pico voló hacia los árboles situados en uno de los rincones. Al verlo Dickon se quedó quieto y puso su mano sobre Mary.

—No podemos movernos —murmuró—. El petirrojo de Ben encontró pareja y ahora está haciendo su nido. Sólo se quedará aquí si no lo molestamos.

Se sentaron en el pasto y se quedaron inmóviles.

—No demostraremos que lo estamos observando —dijo Dickon—, porque nos abandonaría para siempre. Hasta que termine su nido no tendrá tiempo de conversar ni de visitarnos. Debemos aparentar que somos como el pasto o los árboles y así sabrá que no nos interpondremos en su camino.

Mary no estaba segura de entender a Dickon. Por unos minutos ella observó a su compañero pensando que a lo más se transformaría en algo verde, o le saldrían ramas y hojas para parecer árbol. Pero él sólo bajó la voz y se quedó inmóvil.

—Desde que comenzó el mundo, los nidos se construyen durante la primavera. Hay que entender este proceso y no ser muy curioso. Es fácil perder algún amigo durante este período.

—Hablemos de otra cosa —dijo Mary muy bajo—; tengo un asunto que contarte. ¿Sabes algo de Colin? —murmuró.

Volviendo la cabeza, él la miró.

—¿Qué sabes tú acerca de él? —le preguntó.

—Toda esta semana lo he visto y conversado con él.

Luego de la primera sorpresa, la cara de Dickon demostró alivio.

—¡Cuánto me alegro! Esto lo hace todo más fácil. Sabía que no te lo podía comentar y no me gusta ocultar cosas.

—¿Es que prefieres no mantener el secreto del jardín?

—Eso jamás lo diré —contestó—. A mi mamá le conté que tenía un secreto que no era malo. A ella no le importó. Al contrario, riendo me dijo: "Jovencito, puedes tener todos los secretos que quieras: conozco los secretos de los doce años".

Mary le contó su visita nocturna a Colin y lo que le habían impresionado su pálida cara y sus sombreados y extraños ojos.

—¿Tú crees que él desea morir? —murmuró Mary.

—No lo creo, pero pienso que habría preferido no haber nacido. Mi mamá opina que lo peor que le puede suceder a un niño es sentir que no lo quieren. Aunque el señor Craven le compra todo lo que el dinero puede dar, pretende olvidar que su hijo existe. Tiene miedo de que algún día sea jorobado como él.

—Por eso Colin tiene miedo de sentarse —dijo Mary.

Asegura que si algún día siente una protuberancia en su espalda, se volverá loco y gritará hasta morir.

—El no debiera pasar tendido en su cama y menos pensar así —dijo Dickon—. Ningún muchacho puede mejorar en esas condiciones.

Mientras conversaban, Dickon sobaba el cuello del zorrito. Repentinamente dijo:

—La primera vez que entramos aquí todo parecía gris. ¡Mira ahora! ¿Ves la diferencia?

Mary miró a su alrededor y por un minuto se le cortó la respiración.

—¡Mira! —gritó—, la pared gris está cambiando de color. Es como si una neblina o un velo de gasa verde lo cubriera.

—¡Claro! —dijo Dickon—. Todo el gris desaparecerá. ¿Puedes adivinar lo que estoy pensando?

—Sé que debe ser algo bueno y probablemente se trata de Colin —dijo Mary con lentitud.

—Exactamente. Si estuviera aquí con nosotros, no pensaría en su espalda. Su salud mejoraría y estaría ansioso de observar cuando irrumpen los brotes sobre la tierra. ¿Podrás entusiasmarlo para que venga a sentarse en su silla bajo los árboles?

–Eso mismo pienso cada vez que estoy con él –dijo Mary–. A través de los libros conoce muchas cosas, pero nada más. Eso sí, le entusiasma oír hablar de este jardín porque es secreto.

–Tendremos que traerlo aquí. Yo puedo empujar su silla –dijo Dickon.

–¡Oye!, ¿has notado cómo el petirrojo y su pareja trabajan mientras nosotros conversamos? El trata de elegir el mejor lugar en donde colocar esa ramita.

Dickon dio un pequeño silbido y le habló al petirrojo con voz amistosa.

–Tú sabes que no te molestaremos –le dijo–. Nosotros también estamos construyendo un nido, pero no se lo digas a nadie.

Si bien el petirrojo no contestó porque tenía una ramita en el pico, sus brillantes ojos indicaron que no contaría el secreto.

XVI

¡No lo haré!

Fueron tantas las cosas que hicieron esa mañana en el jardín que sólo en el último momento Mary recordó a Colin.

—Dígale a Colin que no puedo ir a verlo hasta más tarde —dijo a Martha—. Estaré ocupada en el jardín.

Martha se asustó.

—¡Señorita Mary! Se pondrá de muy mal humor.

A Mary no le importó. Ella no era una persona que se sacrificara por los demás.

—No puedo quedarme —contestó—. Dickon me espera.

La tarde fue aun más entretenida que la mañana y trabajaron muy duro. Dickon trajo su propia pala y enseñó a Mary a usar sus herramientas. El zorrito y el cuervo estaban tan ocupados como ellos y el petirrojo y su compañera volaban de un lado a otro como pequeñas líneas luminosas. En varias ocasiones el cuervo con sus negras alas voló desde la copa de los árboles para hablarle a Dickon, tal como lo hacía el petirrojo. En una ocasión, como el muchacho no le contestó, Soot se paró sobre su hombro y con su largo pico gentilmente le torció la oreja.

Cuando quisieron descansar, se sentaron bajo un árbol y el niño tomó la flauta y tocó suaves y extrañas melodías que atrajeron a dos ardillas. Solamente cuando los rayos del sol poniente traspasaban los árboles del jardín, decidieron regresar a sus casas.

—El tiempo estará espléndido mañana —dijo Dickon—. Empezaré a trabajar de madrugada.

—Yo también —contestó Mary.

Ella corrió a la casa. Quería contar a Colin detalles sobre el zorrito, el cuervo y lo que estaba sucediendo con la llegada de la primavera. Mas, al abrir la puerta de su dormitorio, la esperaba Martha muy afligida.

—¿Qué sucede? —preguntó Mary—. ¿Le dio mi recado a Colin?

—¡Cómo desearía no haberlo hecho! —exclamó Martha—. Casi le dio una rabieta y nos ha costado mucho entretenerlo. No hace más que mirar el reloj.

Mary se mordió los labios. Ella, al igual que Colin, no estaba acostumbrada a considerar a las otras personas. No comprendía por qué un niño de mal genio pretendía interferir con lo que a ella le gustaba. Mary no sabía cuan dignas de compasión son las personas que no pueden controlar su enfermedad y nerviosismo y cuánto hacen padecer también a los demás. Cuando en la India ella sufría de dolor de cabeza, hacía lo posible porque los que la rodeaban también lo sintieran. En esa época ella creía que actuaba bien; ahora, en cambio, no aceptaba la actitud de Colin.

Al entrar en la habitación del niño, éste estaba tendido en la cama y no se volvió hacia ella. Mary se disgustó, y con su expresión más altanera se acercó.

–¿Por qué no te levantaste?

–Esta mañana me levanté, pero al saber que no vendrías me volví a acostar. Me duele la espalda y la cabeza. ¿Por qué no viniste?

–Estaba con Dickon trabajando en el jardín –dijo Mary.

Colin frunció el ceño y condescendió a mirarla.

–Si te vas con él, en vez de visitarme, no dejaré que ese niño venga.

A Mary le dio una rabia tremenda. Sin importarle las consecuencias le dijo:

–Si echas a Dickon, no volveré más a esta habitación.

–Si yo lo quiero, lo harás –dijo Colin.

–¡No lo haré!

–Te obligaré –dijo Colin–. Te arrastrarán hasta aquí.

–Podrán arrastrarme, pero no me pueden obligar a hablar. Me sentaré con los dientes apretados y ni siquiera te miraré –contestó Mary cruelmente.

Se lanzaban tan feroces miradas el uno al otro, que no era nada agradable mirarlos. En las mismas circunstancias, dos niños de la calle se habrían pegado, mas con palabras llegaron muy cerca de ello.

–Eres una egoísta –gritó Colin.

–¿Y tú, qué eres? –dijo Mary–. Los egoístas siempre dicen eso y jamás hacen lo que no quieren hacer. Tú eres más egoísta que yo.

–No lo soy –replicó Colin tercamente–. ¡El egoísta es Dickon! Te mantiene jugando con tierra sabiendo que yo estoy solo.

Los ojos de Mary despedían fuego.

—Es el niño más encantador que existe —dijo—. ¡Es un ángel!

Parecía ridículo decir aquello, pero a la niña no le pareció así.

—¡Un ángel! —gritó Colin, con furibundo desprecio—. El es sólo un niño cualquiera que vive en una pequeña casa del páramo.

—¡Es mil veces mejor que cualquier raja! —le devolvió Mary.

Como ella era más fuerte que él, Colin empezó a flaquear. Jamás había discutido con alguien parecido a él. Más aún, aunque ninguno de los dos se daba cuenta, la pelea estaba surtiendo muy buen efecto en él. Colin volvió la cabeza y una gran lágrima rodó hasta la almohada. Sentía mucha pena de sí mismo.

—Yo no soy egoísta. Recuerda que estoy siempre enfermo y además me moriré.

—¡No morirás! —le contradijo Mary, sin ninguna simpatía.

El abrió los ojos indignado. En ese momento sintió una mezcla de furia y placer.

—¿Que no moriré? —gritó—. ¡Tú sabes que sí! Todos lo dicen.

—No lo creo —dijo Mary agriamente—. Tú lo dices para que sintamos compasión por ti. Si fueras un niño encantador lo creería, pero eres muy desagradable.

A pesar de su espalda inválida, Colin se sentó furioso en la cama.

—¡Sal de mi pieza! —gritó tirándole una almohada que cayó a los pies de Mary.

Por la expresión de su cara parecía como si la hubieran pinchado. Corrió hacia la puerta, pero antes de traspasarla le dijo:

—Te venía a contar muchas cosas estupendas; ahora no sabrás nada.

Al salir encontró a la enfermera riendo. Sin duda había estado escuchando.

—¿De qué se ríe?

—De ustedes dos —dijo la enfermera—. Lo mejor que le pudo pasar a ese niño enfermo y mimado es que se le opusiera alguien tan regalón como él. Si hubiera tenido una hermana con quien pelear, ya se habría mejorado.

—¿Cree que morirá?

—No lo sé y no me importa —dijo la enfermera—. La mitad de lo que tiene es histeria y mal genio.

—¿Qué es histeria?

—Ya lo sabrá cuando sus palabras le provoquen una rabieta.

Mary volvió a su dormitorio enojada y desilusionada. Era tal su amargura, que sentía que Dickon, el velo verde que se arrastraba por el muro y el suave viento que soplaba desde el páramo habían quedado muy lejos. Estaba preparada para contar a Colin sus experiencias del día, y ahora, en cambio, pensaba que ni siquiera se le podía confiar un secreto. Si así lo quería, que se quedara en su pieza para siempre.

Martha la esperaba ansiosa. Sobre la mesa había una caja de madera llena de paquetes.

—Se los ha enviado el señor Craven —dijo Martha—. Parecen libros con ilustraciones.

Abrió los paquetes y vio que contenían varios libros con dibujos y dos sobre jardines. Había juegos y una preciosa caja con útiles para escribir con su monograma. El regalo era tan maravilloso que, rápidamente, olvidó su enojo. Ella no esperaba que alguien la recordara y pronto se sintió reconfortada.

—Lo primero que haré será escribirle contándole lo muy contenta que estoy con su regalo.

Si Colin hubiera sido su amigo, habría corrido a mostrarle sus regalos. Estaba segura de que habría olvidado sus temores mientras miraban los libros o jugaban una partida.

El miedo de Colin provenía de una ocasión en que oyó al ama de llaves murmurar que la espalda de su padre se había empezado a torcer cuando era un niño. Este pensamiento lo hacía sufrir constantemente y, con excepción de Mary, jamás habló del temor de deformarse. En general, sus rabietas provenían de este miedo que aumentaba cuando se cansaba o se sentía disgustado. Probablemente ese día no habría pensado en otra cosa.

Mary se quedó pensando.

—Dije que no volvería —vaciló—. Pero quizás volveré mañana por si quiere verme.

XVII

Una rabieta

Como se había levantado temprano y trabajado duro en el jardín, Mary estaba cansada y con sueño, por lo que tan pronto comió, se acostó.

Era casi medianoche cuando despertó con un ruido espantoso que la hizo saltar de la cama. ¿Qué podía ser? Al momento creyó saberlo. Las puertas se abrían y cerraban. Se sentían pies que corrían por el corredor junto con horribles llantos y gritos.

–¡Es Colin! –dijo–. Está con esa rabieta que la enfermera llama histeria. ¡Es atroz!

Al escuchar pensaba que con razón los de la casa ante estos gritos preferían darle gusto en todo. Sintiéndose enferma, temblando se tapó los oídos.

–¡No sé qué hacer! ¡No puedo soportarlo!

Aun presionando las manos sobre sus oídos continuaba escuchando los espantosos gritos que llegaban hasta ella. Estaba tan atemorizada que repentinamente se enojó y creyó que también a ella le daría una rabieta. Lo asustaría a él, como él lo hacía con ella.

–¡Tienen que hacerlo callar! ¡Deben hacerlo! –gritó.

En ese momento oyó que alguien corría y abría la puerta de su dormitorio. Era la enfermera muy pálida.

–Le ha dado histeria –dijo apurada–. Se hará daño y nadie puede controlarlo. ¿Por qué no viene y trata de animarlo? Usted le gusta.

–Esta mañana me echó de su pieza –dijo Mary, golpeando con el pie.

–Así es –dijo la enfermera–. Por eso vaya y regáñelo. Dele algo nuevo en qué pensar. ¡Hágalo lo más pronto posible!

Sólo más tarde Mary pensó que la situación había sido tragicómica. Divertida, por el hecho de que los mayores tuvieron que recurrir a una niña porque ellos estaban asustados y no sabían cómo actuar.

Ella corrió y a medida que se acercaba al dormitorio de Colin su ira iba en aumento. Al empujar la puerta se sentía lo bastante malvada como para acercársele y gritar:

—¡Debes callarte! ¡Cállate! Te odio, y todos te odian. Quisiera que con tus gritos todos huyeran y te dejaran solo. Morirías gritando.

Una niña encantadora y simpática jamás habría dicho estas palabras, pero la sorpresa de escucharla fue el mejor remedio para este niño histérico, a quien nunca nadie contradecía.

Tendido de boca golpeaba las almohadas con las manos y casi saltó al oír la furiosa voz de la niña. Su cara se veía espantosa, blanca e hinchada, boqueando y tosiendo, pero a la pequeña y salvaje Mary no le importó.

—Si gritas nuevamente —le dijo—, yo también gritaré y tan fuerte que te asustarás tanto como me asusté yo al oírte.

Él había dejado de gritar y las lágrimas corrían a torrentes por su cara.

—¡No puedo parar! ¡No puedo! ¡No puedo!

—¡Sí puedes! —gritó Mary—. La mitad es histeria y mal genio.

—Sentí la protuberancia en mi espalda —sollozó Colin—. Sabía que me saldría y ahora moriré.

—No tienes ningún bulto, es sólo histeria. No le pasa nada a tu horrible espalda. Date vuelta y déjame mirar... ¡Enfermera! Venga y muéstreme la espalda de Colin.

La enfermera, la señora Medlock y Martha, de pie junto a la puerta, la miraban con la boca abierta.

—Quizás no me dejará —dijo en voz baja la enfermera.

Colin la oyó y dijo:

—Muéstresela, ¡ella puede verla!

Era una espalda delgada y penosa de mirar porque en ella se contaban las costillas. Se escuchó un minuto de silencio mientras Mary miraba atentamente la espalda, con tanta atención como si lo hiciera el doctor londinense.

—No hay ningún bulto, ni siquiera del tamaño de un alfiler. Si vuelves a decir que tienes uno, me reiré.

Nadie mejor que Colin supo el efecto que estas rabiosas palabras surtieron en él. Si con anterioridad hubiera tenido con quien hablar sobre sus temores o a quien hacer preguntas. Si hubiera tenido la compañía de otros niños y no pasara tendido respirando una atmósfera de miedo, rodeado de gentes ignorantes y aburridas de él, se habría dado cuenta de que, en parte, su enfermedad la había creado él mismo. Ahora, al escuchar la insistencia con que la niña le decía que no estaba enfermo, pensó que quizás era cierto.

—Yo no sabía que él creía tener un bulto en su espalda —dijo la enfermera—. Sólo la tiene débil por no querer sentarse.

—¿Es verdad? —preguntó Colin patéticamente.

—Sí, señor.

La rabieta se le había pasado y el cansancio y debilidad lo hicieron ser gentil. Estiró su mano hacia Mary, quien a su vez le alargó la suya como si hicieran las paces.

—Saldré contigo, Mary —le dijo—. En adelante no odiaré el aire fresco y Dickon podrá empujar mi silla.

Una vez que la enfermera rehizo la cama y dio a los niños una taza de caldo, se fue dejándolos solos. Mary aproximó el piso y tomó la mano del niño.

—¿Quieres que te cante la canción de mi aya? —murmuró.

—¡Sí, por favor! Aunque dijiste que me contarías muchas cosas. ¿Has descubierto algo sobre el jardín secreto?

—Creo que sí —le contestó mirando la pequeña y cansada cara del niño—. Trata de dormir y te contaré mañana.

—¡Oh Mary!, si puedo entrar en él, creo que podré vivir y crecer. En vez de cantarme, ¿me puedes contar nuevamente cómo crees que es por dentro?

El cerró los ojos y ella, teniéndolo de la mano, le habló suavemente de cómo imaginaba el jardín cerrado. Al fin Colin se quedó dormido.

XVIII

No debes perder el tiempo

Mary no despertó temprano. Cuando Martha le llevó el desayuno le dijo que Colin estaba tranquilo, pero enfermo y con fiebre, como sucedía siempre que lloraba hasta agotarse.

—Él me pide si puede ir a verlo lo antes posible —dijo Martha—. Es increíble cómo se ha encaprichado con usted. Imagínese que me lo pidió con un "por favor". ¿Irá, señorita Mary?

—Iré; tengo algo que decirle —dijo con súbita inspiración.

Al aparecer frente a Colin llevaba su sombrero puesto y el niño la miró desilusionado. Estaba en cama con la cara penosamente pálida y obscuros círculos rodeaban sus ojos.

—¡Cuánto me alegro de que vinieras! —le dijo—. Me duele la cabeza y todo el cuerpo. ¡Estoy tan cansado! ¿A dónde vas?

Mary se inclinó sobre la cama y le dijo:

—No tardaré. Iré a ver a Dickon pero volveré. Se trata de algo relacionado con el jardín.

La cara de Colin se iluminó y sus mejillas se colorearon.

—¿De verdad? —dijo—. ¡Soñé toda la noche con él! Entre sueños te oí decir algo sobre el cambio del gris al verde y que estaba en un lugar cubierto de pequeñas hojas con pájaros y nidos. Todo se veía tan suave y quieto que me tenderé y pensaré en ello hasta que tú vuelvas.

Cinco minutos más tarde Mary se encontró en el jardín con Dickon, el zorrito y el cuervo que habían venido con él. También traía consigo dos ardillas mansas.

—Esta mañana vine en el mampato —dijo él—. Estas dos ardillas viajaron en mi bolsillo. Una se llama Nut y la otra Shell. Al nombrarlas saltaron sobre sus hombros.

Se sentaron sobre el pasto, con Captain acurrucado a los pies y Soot desde un árbol escuchaba solemnemente. Nut y Shell husmeaban cerca. El ambiente era tan perfecto, que a Mary le parecía casi imposible poder abandonar el lugar, pero al contar a Dickon los sucesos de la noche, la cara del niño se transformó, ante lo cual ella poco a poco cambió de parecer.

Se daba cuenta de que él sentía mayor compasión por Colin.

Mirando el cielo y lo que lo rodeaba, Dickon le hizo ver lo que era la vida del pobre niño encerrado; jamás dejaría de pensar en sus males si nunca podía salir para ver cómo la naturaleza se desarrollaba en primavera.

—¡No perdamos más tiempo! ¡Traigámoslo aquí para que se empape de sol!

Cuando Dickon hablaba sobre algo que le interesaba, usaba el acento cerrado de Yorkshire. En otras ocasiones lo modificaba para que Mary entendiera mejor. Pero a ella le encantaba ese modo de hablar y trataba de aprenderlo. En esa ocasión, ella habló algunas palabras, ante las muecas de Dickon al ver los esfuerzos de la niña que torcía la lengua para imitar el acento del muchacho.

—Así debes hablarle a Colin —rió entre dientes Dickon—. Lo divertirá mucho, y no hay nada mejor que una buena carcajada.

—Desde hoy le hablaré con el acento de Yorkshire —rió a su vez Mary.

El jardín presentaba un aspecto tan maravilloso que parecía como si unos magos lo hubieran atravesado dibujándolo. Era difícil abandonarlo, particularmente ahora que Nut había saltado a su falda y Shell la observaba. Pero Mary volvió a la casa, se sentó junto a la cama de Colin y le habló con el abrupto acento de la región.

—¿Qué te sucede? —le preguntó el niño—. Nunca te había oído hablar así. Es muy divertido.

—Te estoy dando una muestra de Yorkshire, a pesar de que no lo hablo tan bien como Dickon o Martha. Tú, que naciste aquí, ¿lo entiendes? No me extrañaría de que te avergüences de no hacerlo.

Ambos rieron a carcajadas y cuando llegó la señora Medlock a ver qué pasaba, se quedó sorprendida al verlos tan contentos.

Tenían tanto de que hablar. Parecía que Colin jamás se cansaría de escuchar detalles sobre los animalitos de Dickon, especialmente sobre el mampato llamado Jump, el que Mary había ido a conocer al bosque. Era pequeño y desgreñado, con una hermosa cara y nariz aterciopelada. Delgado y de piernas musculosas, Dickon lo había hecho que le pasara su pezuña y la besara en la mejilla con su hocico.

—¿De verdad que él entiende todo lo que dice Dickon?

—Parece que sí —contestó Mary—. Dickon dice que los animales son verdaderamente sus amigos y se entienden.

Colin se quedó quieto mirando hacia la pared.

—¡Cómo me gustaría ser amigo de las cosas! Pero no lo soy. Nunca he tenido amigos y no soporto a la gente.

—¿Me soportas a mí? —le preguntó Mary.

—Claro que sí y, aunque sea divertido, me gustas.

—Ben dice que soy como él —dijo Mary—. Ambos tenemos mal genio y creo que tú también eres así. Los tres nos parecemos. Claro que yo me siento ahora menos triste que antes de conocer al petirrojo y a Dickon.

—¿Sentías como si odiaras a las personas?

—Sí —contestó Mary sin afectación—. Te habría detestado si te hubiera conocido antes de cambiar.

—Mary —dijo Colin estirando su delgada mano y tocando la de ella—. ¡Cómo quisiera no haberte dicho que echaría a Dickon de aquí! Además me reí porque dijiste que parecía un ángel, pero quizás lo es.

—Suena divertido —admitió Mary con franqueza—, pero si un ángel llegara a Yorkshire y viviera en el páramo, estoy segura de que, tal como lo hace Dickon, entendería a las criaturas salvajes y se convertiría en su amigo.

—No me importa que Dickon me vea. ¡Quiero conocerlo! —dijo Colin.

—Me alegro —contestó Mary—, porque...

Súbitamente se dio cuenta de que había llegado el momento de contarle su secreto. Colin comprendió que algo pasaba y ansiosamente preguntó:

—¿Por qué, qué?

Mary estaba tan excitada que se levantó y tomó a Colin de ambas manos.

—¿Puedo confiar en ti? Confié en Dickon, porque los pájaros se fían de él. Pero, de verdad, ¿puedo confiar en ti? —imploró.

Su cara tenía una expresión tan solemne que él contestó en un murmullo:

—¡Oh, sí! ¡Sí!

—Dickon vendrá a verte mañana y traerá a sus animalitos con él.

—¡Oh, qué estupendo! —gritó encantado Colin.

—Pero eso no es todo —dijo Mary pálida y con gran seriedad—. El resto es aun mejor. Encontré la puerta que da al jardín.

Si Colin hubiera sido un niño sano, posiblemente habría gritado: ¡Hurra, hurra!, pero como era débil y algo histérico, sólo abrió mucho los ojos y respiró para tomar aire.

—¡Oh Mary! —casi sollozó—. ¿Podré entrar en él? ¿Crees que viviré y podré verlo? —le dijo mientras agarraba sus manos atrayéndola hacia él.

—¡Por supuesto que lo verás! —replicó Mary indignada—. No seas tonto.

La naturalidad de ella lo hizo volver a la realidad y rió de sí mismo. Poco después ella le contó cómo era el jardín en la realidad. Al escucharla, Colin sintió que los dolores y el cansancio desaparecían.

—Parece como si ya lo hubieras visto —dijo al fin.

—Lo he visto y he estado en él. Encontré la llave y entré hace varias semanas. No me atreví a contarte porque tenía miedo de no poder confiar por completo en ti —contestó Mary, francamente.

XIX

¡Ha llegado!

Naturalmente que se llamó al doctor Craven luego de la rabieta de Colin. Siempre se hacía y cada vez se encontraba con el niño acostado, temblando, malhumorado y con rastros de histeria. Al doctor no le agradaban estas visitas. En esta ocasión, al llegar preguntó a la señora Medlock cómo seguía su paciente.

—Bueno, señor —contestó el ama de llaves—, usted casi no lo va a creer, pero esa niña poco agraciada lo ha embrujado. Anoche como una fiera le ordenó que se callara, y lo consiguió.

La escena que vio el doctor lo dejó abismado. Los niños conversaban y reían mirando uno de los libros sobre jardinería. Al ver al doctor, Mary se quedó quieta y Colin lo miró preocupado.

—Siento saber que estuviste enfermo anoche —dijo el doctor nerviosamente.

—Estoy mejor, gracias —contestó Colin hablando como un raja—. En uno o dos días saldré en mi silla al jardín. Quiero tomar aire fresco.

El doctor lo observó y le tomó el pulso mirándolo con curiosidad.

—Si sales, tiene que haber sol; además, hay que tomar precauciones para que no te canses.

—El aire fresco no me cansará —contestó el niño, con sus ademanes de joven raja—. Ahora me gustará porque saldré con mi prima y no llevaré a la enfermera —agregó en tono de magnificencia—, y un niño que tiene fuerza y empujará mi silla.

El doctor se sintió alarmado. Si este niño histérico se mejoraba, él perdería todas las posibilidades de heredar Misselthwaite Manor. Pero aun cuando era un hombre débil, tenía escrúpulos y no permitiría que su paciente corriera ningún peligro.

—Necesito saber quién te acompañará —dijo.

—Dickon —contestó Mary. Ella pensaba que todos lo conocían y, en efecto, así era porque al oír su nombre el doctor sonrió aliviado.

—Con Dickon estará a salvo, tiene más fuerza que los mampatos del páramo.

Ese día era la primera vez que, luego de una rabieta, la visita del doctor fue corta. No dio medicinas ni órdenes. Cuando bajó para encontrarse con la señora Medlock iba verdaderamente perplejo.

—Es inaudito, pero no se puede negar que se ve mejor que antes —dijo el doctor.

—Creo que la madre de Martha tiene razón. Ella dice que los niños necesitan de los niños —dijo el ama de llaves.

Esa noche Colin durmió sin despertar ninguna vez y, a la mañana siguiente, al abrir los ojos sonrió sin saber por qué. Era maravilloso estar despierto. Su mente estaba llena de planes y se sentía feliz de tener algo en qué pensar.

Al poco rato, oyó correr a Mary por el pasillo; la niña traía consigo una ráfaga de aire fresco, unido a la fragancia mañanera. Había estado corriendo afuera; su pelo estaba suelto y el aire había enrojecido sus mejillas.

—¡Está precioso! —dijo casi sin aliento—. Jamás lo he visto así. ¡Ha llegado la primavera! Creí que había venido días atrás, pero era sólo un anuncio. ¡Hoy está aquí!

—¡De veras llegó! —gritó Colin aunque sin saber realmente en qué consistía—. Abre la ventana —añadió, sentándose en la cama y riendo de felicidad. Luego, lleno de imaginación, exclamó—: ¡Quizás escuchemos trompetas doradas!

Mary abrió la ventana de par en par y, junto con entrar la fresca fragancia del aire, se oyó el múltiple canto de los pájaros.

—Ahora respira a grandes bocanadas: eso es lo que hace Dickon en el páramo. El llena de aire sus venas y por eso se siente fuerte y cree que vivirá para siempre.

—¡Para siempre! ¿De veras que él siente eso? —dijo Colin, mientras respiraba profundamente una y otra vez hasta sentir que algo nuevo y maravilloso le estaba sucediendo.

Mary le explicó que las plantas apiñadas trataban de brotar a la superficie y las flores empezaban a abrir. Había brotes por todas partes y un velo verde cubría casi por completo la pared gris. Los pájaros apresurados terminaban de fabricar sus nidos, mientras otros peleaban por encontrar un lugar en el jardín secreto. Dickon llevaba a diario a sus pequeños animales y ahora había agregado un corderito recién nacido que había encontrado al lado de su mamá muerta. Lo llevó a su casa envuelto en su chaqueta y, junto al fuego, lo alimentó con leche tibia. Esa mañana, en el jardín, lo había depositado en la falda de Mary. ¡Un corderito que parecía un bebé!

A medida que ella describía todo esto, Colin la escuchaba respirando profundamente el aire puro que entraba por la ventana abierta. Así los encontró la enfermera. Muy sorprendida, preguntó:

–¿Está seguro de que no tiene frío, señorito Colin? –dijo.

–No –contestó–, estoy tomando aire para robustecerme. Hoy desayunaré en el sofá con mi prima. Además quiero decirle que un niño vendrá a verme con sus animalitos. Los quiero aquí, dígale a Martha que los acompañe. El es su hermano y es un encantador de animales.

Comieron con gran apetito y no esperaron mucho hasta escuchar un graznido dentro de la casa.

–Ese es Soot –dijo Mary–. ¿Escuchas un balido?

–Sí –dijo Colin enrojeciendo de excitación.

–Es el corderito recién nacido. ¡Ya vienen!

Las botas de Dickon eran gruesas y pesadas y, a pesar de que trató de caminar sin hacer mucho ruido, sus fuertes pisadas retumbaron en el corredor.

–Si lo permite el señor –anunció Martha abriendo la puerta–, aquí está mi hermano con sus animalitos.

Dickon entró con su mejor sonrisa. Llevaba al corderito entre sus brazos mientras el pequeño zorro trotaba a su lado. Nut se había sentado en su hombro izquierdo y Soot en el derecho. La cabeza de Shell se asomaba por el bolsillo de su abrigo.

Colin los miró fijamente con admiración y encanto. La verdad era que aun cuando le habían descrito a Dickon, no se lo había podido imaginar. Colin jamás había hablado a otro niño y en este momento, abrumado de felicidad y curiosidad, se quedó mudo.

Dickon, en cambio, no se sentía avergonzado ni incómodo. Caminó hasta el sofá y despacio colocó al corderito en la falda de Colin. Inmediatamente la criaturita empezó a acurrucarse entre los pliegues de la bata del niño y a golpear con su cabeza. Colin no pudo dejar de preguntar qué era lo que quería.

–Quiere a su mamá –dijo Dickon sonriendo–. Le traje la botella de leche porque sabía que tendría hambre. Le gustará ver cómo se alimenta.

Terminada la leche el animalito se durmió y Dickon le contó a Colin cómo lo había encontrado. Estaba escuchando una alondra que volaba cada vez más alto, cuando oyó un sonido diferente y supo que era un corderito hambriento. Lo buscó por largo rato hasta que por fin vio un bulto blanco cerca de una roca. Al trepar, lo encontró medio muerto de frío.

Mientras conversaban, Soot volaba solemnemente saliendo y entrando por la ventana, a la vez que graznaba observaciones sobre el paisaje. También Nut y Shell excursionaban entre los grandes árboles del exterior. Captain, en cambio, se había acurrucado cerca de Dickon, junto a la chimenea.

Miraron los dibujos de los libros de jardinería y Dickon, que conocía los nombres de las flores, les mostró las que en ese momento crecían en el jardín.

–¡Las tengo que ver! –gritó Colin–. ¡Las veré!

–Sí –dijo Mary muy seria–, y no debes tardar.

XX

Viviré para siempre

Tuvieron que esperar más de una semana antes de que Colin pudiera salir al jardín. Se sucedieron días ventosos y el niño estuvo a punto de coger un resfrío. Con anterioridad, este inconveniente lo habría puesto furioso; en cambio, ahora, con la diaria visita de Dickon y su charla sobre los tejones que moraban a orillas de los riachuelos, o sobre las ratas de agua y de campo en sus madrigueras, se sentía encantado escuchando todos esos detalles que conocía el encantador de animales.

Sin embargo, el mayor interés de los niños se centraba en hacer planes para la futura salida de Colin y ver la forma en que lo transportarían al jardín secreto. Pensaban que, luego de atravesar los matorrales y de asegurarse de que nadie los viera, tomarían el largo camino que circundaba el muro de hiedra.

A medida que pasaban los días, Colin estaba cada vez más decidido a conservar el misterio que rodeaba el jardín, pues consideraba que ese secreto era su mayor encanto.

Una mañana, Roach, el jardinero jefe, se presentó muy inquieto ante Colin. El no conocía al niño y sólo había oído los rumores que corrían entre los empleados.

—No se extrañe si encuentra dentro del dormitorio una casa de animales —le había dicho Martha.

Y, a pesar de que se lo advirtieron, casi retrocedió asustado al oír el graznido de un cuervo que lo observaba desde el respaldo de una silla. Colin, sentado en un sillón, tenía a su lado un corderito que movía la cola, mientras Dickon le daba la mamadera y una ardilla lo miraba desde su hombro. La niña de la India observaba la escena sentada en un piso.

—¿Así que usted es Roach, el jardinero? —le dijo observándolo de arriba abajo—. Lo he mandado llamar para darle unas órdenes muy importantes.

—Muy bien, señor —contestó el jardinero, mientras pensaba que ojalá no lo hicieran cortar todos los robles de la avenida, o transformar el huerto en un jardín acuático.

—Esta tarde saldré al jardín —dijo Colin—, y es posible que lo haga a diario. A las dos de la tarde no quiero ver a ningún jardinero cerca del camino largo junto al muro. Después enviaré un recado para que vuelvan a sus trabajos.

—Muy bien, señor —contestó el jardinero aliviado de no tener que hacer cambios en el jardín.

Colin, actuando como si fuera un raja, le indicó que tenía permiso para retirarse, pero que recordara cuan importantes eran las órdenes recibidas.

Al salir, Roach comentó a la señora Medlock que el niño parecía un joven lord por la manera de dar órdenes a los empleados.

—Así ha sido desde que era pequeño —dijo el ama—. El piensa que tiene derecho a mandar a todas las personas. Pero estoy segura de que si la niña de la India se queda en la casa, se encargará de enseñarle a valorar a sus semejantes.

Sentada junto a Colin, Mary se preocupó al verlo pensativo.

—¿En qué estás pensando? Tus ojos se agrandan cuando piensas.

—No puedo dejar de reflexionar en cómo será la primavera. Si alguna vez la vi, no la recuerdo.

A pesar de que Colin había vivido enfermo y encerrado, tenía más imaginación que Mary. Además conocía innumerables libros con ilustraciones.

—El día que me dijiste: "¡Ha llegado!", me sentí extraño. Pensé que las cosas saldrían como en una gran procesión, rodeadas de música. Fue por eso que te pregunté si aparecerían trompetas doradas.

—¡Qué gracioso! —dijo Mary—. Eso es exactamente lo que uno siente. Porque si todas las plantas, flores, hojas y pájaros pasearan juntos, habría una multitud danzando al son de la música.

Ambos rieron encantados con la idea.

Mientras la enfermera lo arreglaba, Colin trató de ayudarla. Este hecho la hizo comentar al doctor Craven que el niño se sentía más fuerte.

—Veré qué tal resulta la experiencia de salir —dijo el médico—. Vendré más tarde a saber.

Un robusto lacayo trasladó al niño en brazos y lo sentó en su silla de ruedas entre chales y cojines. Colin, como un raja, levantó su mano y dijo a los empleados:

—Tienen permiso para retirarse.

Ellos entraron en la casa riendo.

Dickon empujó la silla lenta pero firmemente mientras Mary caminaba a su lado. Colin, tendido, observaba el cielo que se veía muy alto y las pequeñas nubes blancas que parecían pájaros con las alas extendidas. El viento soplaba suavemente desde el páramo con una dulce fragancia.

Aunque no se divisaba ningún jardinero, pasearon de un sendero a otro según lo planeado, sintiendo el placer del misterio. Cuando al fin tomaron el camino del muro se sentían más excitados que nunca y por alguna curiosa razón hablaban sólo en murmullos.

Mary le fue indicando a Colin las etapas seguidas por ella hasta encontrar la puerta escondida: el lugar en donde Ben trabajaba, donde vio por primera vez al petirrojo y el punto preciso en que removió la tierra y apareció la llave. Luego, el momento en que se movió la enredadera y ella descubrió la puerta.

Sin poder contener su entusiasmo, Colin gritó:

—¡Quiero verlo! ¿En dónde está?

Mary se adelantó, movió la enredadera y Dickon dio un fuerte empujón a la silla, la que atravesó rápidamente la puerta.

Tan excitado estaba Colin, que se dejó caer sobre los cojines cubriendo sus ojos con las manos. Sólo cuando estuvieron dentro de las cuatro paredes y la puerta se cerró tras ellos, abrió los ojos mirando lentamente cada rincón. Poco a poco descubrió el velo verde de pequeñas hojas que se balanceaban. El pasto bajo los árboles y el gris de los sitiales de piedra. Aquí y allá resplandecían pequeñas manchas de variados colores y sobre su cabeza se extendía el rosa y blanco de algunos árboles, unido al revoloteo de alas y al zumbido que los envolvía junto a las diversas fragancias.

El sol caía tibio sobre el rostro y las manos de Colin, en tanto que, encantados, Mary y Dickon observaban lo diferente que se veía el color de su cara.

—¡Mejoraré! —gritó el niño—. ¡Mary, Dickon, mejoraré y viviré por siempre jamás!

XXI

Ben Weatherstaff

Una de las cosas más extrañas de la vida es que sólo muy de vez en cuando se siente la impresión de que se vivirá para siempre. Esta sensación se tiene en ocasiones como cuando se sale al amanecer y se mira el pálido cielo que empieza a cambiar de color. El sol se levanta con una majestad que no cambia, como lo ha hecho por miles de años, entonces sólo por un momento se experimenta esa sensación.

Eso fue lo que sintió Colin cuando por primera vez vio y sintió la primavera dentro de las cuatro paredes del jardín secreto. Esa tarde todos los elementos se combinaron para aparecer perfectos, radiantes y amables ante el niño. Posiblemente la bondad celestial envió a la primavera para que cubriera con sus brotes el lugar.

—¡Está maravilloso! —dijo Dickon—. En mis doce años he visto muchas tardes, pero jamás vi una como ésta.

—Creo —dijo Colin, soñadoramente— que llegó expresamente para mí.

Empujaron la silla bajo el ciruelo color blanco nieve del que emanaba la música que producían las abejas. Era como estar sentado bajo el dosel del trono del rey de las hadas. Colin, desde su silla, observaba cómo Dickon y Mary trabajaban. Ellos le traían brotes abiertos y cerrados, ramitas cuyas hojas recién empezaban a verdear, la pluma de un pájaro carpintero que encontraron sobre el pasto, o la pequeña cáscara vacía de un huevo.

Luego Dickon empujó la silla alrededor del jardín mostrándole las maravillas de la primavera. Era como si mostraran sus dominios al rey. A medida que avanzaba la tarde y el sol parecía cada vez más radiante, nuevamente colocaron la silla bajo el dosel del ciruelo para escuchar a Dickon tocar una melodía con su flauta. En esto Colin vio algo que hasta entonces no había notado.

—¿Es ése un árbol muy viejo? —preguntó.

Los niños se alarmaron. Prontamente Dickon, con voz suave, le explicó que si bien ahora se veía seco y viejo, una vez que las rosas trepadoras lo cubrieran sería el árbol más lindo del jardín.

—Parece como si una de sus gruesas ramas se hubiera roto —dijo Colin—. ¿Cómo sucedería?

–Sucedió muchos años atrás –comentó Dickon.

En ese momento pasó volando el petirrojo en busca de comida. Con gran alivio, Dickon se lo mostró al niño, distrayendo así su atención del árbol. Este al verlo con algo en el pico comentó riendo:

–Le lleva té a su pareja. Quizás son las cinco de la tarde. Creo que a mí también me gustaría comer algo.

Pasado el peligro de que Colin hiciera nuevas preguntas sobre el árbol, Dickon comentó en secreto a Mary que su mamá creía que la señora Craven vagaba por el jardín buscando a su hijo y que probablemente ella los había impulsado a trabajar ahí y los había hecho llevar a su hijo. A su vez, Mary pensó que la oportuna llegada del petirrojo había sido obra de magia, como lo era también la forma en que se comportaba Colin. Parecía imposible que fuera el mismo niño que gritaba y mordía almohadas.

Como tenían hambre pidieron que les llevaran una canasta con comida y, en cuanto estuvieron a solas, la acarrearon hasta el jardín secreto. Fue una merienda estupenda. Tomaron té caliente con tostadas y panecitos, mientras vanos pájaros acudieron a investigar y a picotear migajas. Nut y Shell se llevaron un trozo de pan dulce al árbol cercano; Soot partió a un rincón con media tostada y, luego de darle varias vueltas, decidió tragársela de una sentada.

La tarde había avanzado y el color del sol se hacía más profundo. Los niños estaban sentados con la canasta arreglada y preparados para partir. A su vez, las abejas volvían a su colmena y los pájaros pasaban cada vez con menos frecuencia.

–No quiero que la tarde termine –dijo Colin–. Pero volveré mañana y todos los días. Tomaré mucho aire y ahora que he visto la primavera, veré también el verano. Sabré cómo crecen las rosas y yo creceré con ellas.

–Y luego podrás caminar y cavar como cualquier otro niño –dijo Dickon.

–¡Caminar y cavar! ¿Crees que podré hacerlo? –exclamó Colin enrojeciendo.

Dickon y Mary lo miraron con cautela. Jamás habían preguntado qué era lo que sucedía con sus piernas.

–¡Claro que sí! –dijo Dickon firmemente–. Tienes piernas como cualquier niño.

Mary se sintió muy asustada, hasta que oyó que Colin decía:

–Mis piernas sólo están débiles y flacas; por eso tiemblan y no me atrevo a pararme.

Dickon y Mary dieron un suspiro de alivio.

—Cuando dejes de tener miedo, no te temblarán —dijo Dickon con renovada alegría—. Pronto lo harás.

—¿De verdad crees que lo haré? —preguntó Colin, todavía incrédulo.

Se quedaron inmóviles mientras el sol caía. Era la hora en que todo se aquieta y ellos estaban cansados luego de la excitación del día. Incluso los animalitos habían cesado sus actividades y rodeaban a los niños. Repentinamente se sobrecogieron al escuchar a Colin que murmuraba alarmado:

—¿Quién es ese hombre?

Mary y Dickon se levantaron al unísono y vieron la indignada cara de Ben Weatherstaff que, parado sobre una escalera, los observaba desde lo alto del muro. Apuntando a Mary le dijo:

—Si yo no fuera soltero y usted fuera mi hija, le daría una paliza.

Mary se le acercó.

—Ben, fue el petirrojo que sin darse cuenta me mostró el camino —le dijo.

Aún furioso y no creyendo una palabra de cuanto ella decía sintió que se le caía la mandíbula al observar quien se acercaba.

Dickon empujaba la silla de un niño que, sentado entre lujosos cojines, parecía un joven raja.

—¿Sabes quién soy yo? —le preguntaba Colin, con voz imperiosa.

Los ojos de Ben lo miraban como si vieran un fantasma. Se pasó la mano por los ojos y contestó con voz extraña:

—¡Los que me miran son los ojos de su madre! Tiene que ser el inválido.

Olvidándose de que había tenido la espalda enferma, Colin, con la cara roja de furia, se enderezó muy tieso y gritó:

—¡Yo no soy un inválido!

Ben nuevamente se pasó la mano por la cara, temblando. El era un viejo ignorante y sin tino, que sólo recordaba lo que le habían contado.

—¿Es que acaso no tiene la espalda y las piernas torcidas? —le dijo con voz ronca.

—¡No! —gritó Colin.

Era demasiado para Colin. El no sabía que se comentaba que tenía las piernas torcidas. El escuchar a Ben era más de lo que podía soportar. La furia y el orgullo dolido le hicieron olvidar su pasado y le dieron una fuerza casi sobrenatural.

–¡Ven aquí! –le gritó a Dickon–. ¡Ven aquí, al momento!

Dickon corrió a su lado, mientras Mary, muy pálida, repetía:

–¡El puede hacerlo! ¡El puede hacerlo!

El niño hizo a un lado las mantas que lo cubrían y, ante la vista de todos, aparecieron sus delgadas piernas. Colin se tomó del brazo de Dickon y apoyó sus pies en el pasto. Por fin estaba de pie, tan derecho como una flecha y lanzando chispas por sus ojos. Se veía muy alto con su cabeza echada hacia atrás.

–¡Mírame! –le disparó a Ben–. ¡Mírame ahora!

–¡Es tan derecho como yo! –gritó Dickon–. ¡Tan derecho como cualquier muchacho de Yorkshire!

A continuación Ben hizo algo extraño. Atragantado, tosió mientras las lágrimas corrían por sus arrugadas mejillas. Juntando las manos, dijo:

–¡Por favor! Las mentiras que cuenta la gente. ¡Que Dios lo bendiga!

Dickon lo sujetaba firmemente, pero Colin no desmayaba. Muy tieso miró cara a cara a Ben y le dijo:

–Cuando mi padre no está, yo soy el amo y me tiene que obedecer. Este es mi jardín y no quiero que diga ni una palabra sobre él. Baje de la escalera y Mary le mostrará la entrada. ¡Quiero hablarle!

Ben, con su cara todavía húmeda por las lágrimas, parecía no poder apartar los ojos de la juvenil figura de Colin.

–¡Muchacho! –murmuró–. ¡Mi muchacho!

En esto, como recordando quién era, se tocó la gorra y desapareció tras el muro.

XXII

Al caer el sol

Entretanto Mary corría a encontrar a Ben, Dickon, que continuaba sosteniendo a Colin, lo observaba con mirada aguda. Mas el niño no demostraba huellas de flaqueza.

–¡Puedo pararme! –dijo orgulloso, con la cabeza en alto.

De repente, Colin recordó algo que Mary había dicho sobre la magia de Dickon.

–¿Estás haciendo magia? –preguntó bruscamente.

Dickon hizo una mueca divertida.

–Tú mismo produces la magia –contestó.

Colin le propuso caminar unos pasos y esperar a Ben de pie apoyado contra un árbol. Aunque el tronco lo sostenía, a primera vista esto no se advertía y así en esa posición lo vio Ben al entrar. Mary murmuró una y otra vez:

–Puedes hacerlo. Te dije que podías hacerlo.

Ella quería a toda costa que Colin se mantuviera de pie. No soportaba la idea de que fuera a caer frente a Ben. Pero el niño no se dio por vencido y Mary quedó impresionada de lo atractivo que se veía a pesar de su flacura.

Fijando los ojos en Ben, el niño le ordenó con voz imperiosa:

–¡Mírame bien! ¿Acaso soy un jorobado o tengo las piernas torcidas?

Ben, que todavía, no se reponía de la impresión, contestó con su acostumbrada franqueza:

–¡Claro que no! Pero, ¿cómo ha permitido que la gente piense que está inválido o medio tonto?

–¿Medio tonto? –dijo Colin enojado–. ¿Quién dice eso?

–Muchos. El mundo está repleto de burros que no hacen más que mentir. Pero no entiendo por qué se encerró.

–Porque todos creían que iba a morir –dijo el niño secamente–. ¡Pero no moriré!

—¡Morir! Claro que no —dijo Ben, jubiloso—. Cuando vi lo rápido que se levantaba de la silla, supe que estaba bien. Y ahora, señor, siéntese en esa manta, que estoy a sus órdenes.

El joven raja condescendió a sentarse bajo el árbol preguntando a Ben cuál era su trabajo.

—Cualquiera —contestó el jardinero—. Me aceptan porque saben que ella me quería.

—¿Ella? —preguntó Colin.

—Su mamá —contestó Ben Weatherstaff.

—¿Mi mamá? —dijo Colin mirando a su alrededor—. ¿Entonces éste era su jardín?

—Claro que lo era y a ella le gustaba mucho —contestó Ben, abarcándolo con la mirada.

—Ahora es mi jardín y, como me gusta mucho, vendré cada día —dijo Colin—. Pero tiene que ser un secreto. Mi prima y Dickon han trabajado para hacerlo revivir. De vez en cuando lo haré llamar para que nos ayude, pero tendrá que hacerlo a escondidas.

—He venido en varias ocasiones y nadie lo ha advertido. La última vez hace dos años.

—¡Pero si por diez años nadie ha entrado! —gritó Colin—. No había puerta.

—Subí por el muro. El reumatismo me impidió volver a intentarlo.

—¡Ahora entiendo quién podó! —exclamó Dickon.

—Ella era una joven tan hermosa y quería tanto el jardín —dijo Ben—, que en una ocasión me pidió que si se enfermaba o tenía que partir, yo me hiciera cargo de sus rosas. Cuando ella partió, cumplí la orden y por eso venía de vez en cuando a trabajar aquí.

—Me alegro de que lo hayas hecho —dijo Colin—. Sin duda sabes mantener un secreto.

Mary había dejado su herramienta cerca del árbol, y al verla Colin la alcanzó y empezó a excavar la tierra. Su delgada mano estaba débil, pero con perseverancia logró remover la tierra.

—Dijeron que no podría caminar y lo he hecho. Ahora estoy cavando. En un comienzo pensé que me incitaban a hacerlo para contentarme, pero hoy es sólo mi primer día.

—¿Le gustaría plantar algo? —le preguntó Ben—. Le puedo traer una rosa.

—¡Tráigamela rápido! —dijo Colin entusiasmado—. ¡Rápido!

Ben corrió olvidándose de su reuma. Dickon ayudó a cavar un hoyo profundo, mientras Mary se apresuró a buscar un tarro con agua.

—Quiero plantarla antes de que el sol desaparezca por completo —dijo Colin.

Ben volvió muy entusiasmado con una rosa del invernadero. Colin esparció la tierra como hacen los reyes al inaugurar un lugar. Entretanto Mary lo observaba inclinada y Soot se adelantaba a ver qué sucedía. Nut y Shell parloteaban desde un cerezo.

—Terminamos, y el sol aún se desliza por el horizonte —dijo Colin riendo—. Ayúdame, Dickon, a tenerme en pie. Quiero estar frente a él cuando desaparezca.

XXIII

Magia

Cuando por fin regresó Colin a la casa, el doctor Craven lo esperaba impaciente. El pobre hombre lo miró muy serio.

–No debieras quedarte tanto tiempo fuera. Recuerda que no debes agotarte.

–No estoy cansado –dijo Colin–. Al contrario, me siento tan bien que mañana saldré todo el día al jardín.

–No creo que deba permitirlo –contestó el doctor–. No me parece prudente.

–Le aconsejo que no me lo impida –dijo Colin muy serio–. Iré de todas maneras.

Incluso Mary se había dado cuenta de cuan rudo era Colin al dar órdenes a los que lo rodeaban. Como había vivido como un rey en una isla desierta, educándose a sí mismo, no tenía con quién compararse. Mary había sido como él y gradualmente descubrió que sus modales no la hacían simpática. Por esta razón quería conversar con Colin sobre ese tema.

–Siento pena por el doctor Craven –le dijo ella.

–Yo también –contestó calmadamente Colin en tono satisfecho–. Ahora no moriré y no obtendrá la casa.

–Más bien pensaba en lo desagradable que debe de haber sido para él tener que soportar por diez años a un niño grosero –dijo Mary–. Yo jamás lo habría consentido.

–¿Es que soy grosero? –inquirió serenamente Colin.

–Si el doctor fuera de aquellos que dan de bofetadas, ya lo habría hecho –respondió Mary.

–Pero no se ha atrevido –dijo Colin.

–No lo ha hecho –contestó cuidadosamente Mary–, porque eras un pobre niño que iba a morir.

–Pero ya no seré nunca más un pobre niño –contestó porfiadamente Colin.

–Sí, pero el hacer siempre sólo lo que quieres te hace muy especial.

Colin la miró amenazadoramente.

—¿Es que soy raro? —le preguntó.

—Sí —contestó Mary—, pero no debes enojarte por lo que digo, porque tanto Ben como yo también lo somos. Sólo que ya no lo soy tanto. Desde que encontré el jardín y me gustan las personas, he cambiado.

—No quiero ser raro. Dejaré de serlo —dijo Colin, resueltamente, frunciendo el ceño.

Colin era un niño muy orgulloso y por un momento quedó pensativo. Luego una sonrisa iluminó su rostro.

—Si voy cada día al jardín, estoy seguro de que dejaré de ser un niño extraño. Ahí existe buena magia.

—Yo también lo creo así —contestó Mary.

—Y aunque no la haya, imaginaremos que la hay. Sólo sé que "algo existe" en el jardín.

Continuaron llamando magia a "eso" que existía en el jardín durante los maravillosos y extraordinarios meses que siguieron. Sucedieron cosas asombrosas. En un comienzo parecía que jamás terminarían de asomar brotes verdes en la tierra, en el pasto e incluso entre las grietas de las murallas. Los brotes se desarrollaban y se llenaban de colores diferentes. Las semillas plantadas por Dickon y Mary crecían como si las hadas las hubieran cuidado.

Los días que no llovía, Colin se tendía en el pasto y observaba con atención los cambios que se producían. Veía crecer todo a su alrededor. Vigilaba a los activos insectos mientras trasladaban su comida, o incluso cuando trepaban por el pasto como si quisieran explorar el país. Otra mañana estuvo absorto contemplando cómo un topo, con sus largas pezuñas que parecían manos de duende, fabricaba un montículo en su madriguera.

Pero ésta era sólo parte de la magia. El hecho de haberse mantenido de pie lo hacía reflexionar continuamente. El pensaba que la magia consistía en creer en algo con tanta fuerza, que al fin se conseguía. Por esta razón decidió hacer un experimento. Mandó llamar a Ben, quien lo encontró de pie bajo un árbol. Se veía grandioso y una sonrisa embellecía su rostro.

—Buenos días, Ben. Quiero que, junto con Dickon y Mary, escuche lo que tengo que decir sobre un experimento científico que voy a hacer. Cuando sea mayor deseo dedicarme a la investigación.

—Muy bien, señor —contestó Ben, a pesar de que no sabía lo que significaba un experimento científico...

Era la primera vez que Mary oía algo así, pero no le llamó la atención. A medida que pasaban los días se daba cuenta de que Colin, aunque era algo extraño, había leído mucho, lo que lo hacía muy convincente en sus argumentos.

—Trataré de descubrir qué significa para mí la magia, pues creo que hay magia en todo lo que nos rodea. Cuando Mary encontró este jardín, parecía muerto —continuó el orador—. Luego ella lo revivió y las cosas que un día no existían, aparecieron al día siguiente. Yo jamás he sido observador, pero ahora tengo curiosidad de saber cada vez más. Continuamente me pregunto: "¿Qué es esto?", y si es algo que no sé por qué sucede, lo llamo magia. Por ejemplo, a veces al mirar a través de los árboles siento una extraña felicidad, como si ésta me obligara a respirar más rápido. Esta misma magia me ha permitido mantenerme de pie y ahora sé que viviré hasta llegar a ser un hombre. Desde hoy en adelante, cada mañana me diré: "Puedes hacerlo. Puedes hacerlo". A la vez trataré de llegar a ser tan fuerte como Dickon. Este es mi experimento. ¿Me ayudarán a realizarlo? ¿Creen que resultará?

—¡Claro que resultará! —le contestó Dickon sonriendo más que nunca—. Será igual que cuando las semillas crecen porque el sol brilla sobre ellas.

Como Colin se sentía cansado, sugirió que se sentaran bajo el árbol con las piernas cruzadas.

—¡Eh! —dijo Dickon—, no digas que estás cansado, estropearás la magia.

Una vez sentados en círculo, Colin empezó a cantar alabanzas a la magia que permitía que el sol brillara y florecieran las flores. También alabó la magia personal de cada uno de ellos y, al fin, pidió una y otra vez que esta misma magia le ayudara a vivir y fortalecerse. Entretanto, los niños y Ben lo escuchaban extasiados.

—Ahora caminaré alrededor del jardín —anunció.

Formaron una especie de procesión, que caminó lenta pero dignamente, encabezada por Colin, con Dickon y Mary a ambos lados y seguidos de Ben. A continuación iban los animalitos. Colin se apoyaba en Dickon aunque, en un momento determinado, caminó unos pocos pasos sin la ayuda del muchacho.

—La magia está dentro de mí y me hace más fuerte —repetía—. ¡Puedo sentirla!

Sin duda algo lo mantenía derecho. Una o dos veces se sentó en los asientos o sobre el pasto y en más de una ocasión se detuvo; pero no se dio por vencido hasta que terminó el recorrido del jardín. Al volver hasta el árbol dosel, sus mejillas estaban rojas y se veía triunfante.

—¡Lo hice! ¡La magia resultó! Este es mi primer descubrimiento científico —dijo.

—¿Qué dirá el doctor Craven cuando lo sepa? —lo interrumpió Mary.

—No se lo diremos y éste será el mayor secreto. Lo ocultaremos hasta que esté lo suficientemente fuerte y pueda caminar y correr como cualquier otro niño. Todos los días vendré aquí en mi silla y me devolverán en ella. No quiero que mi padre sepa hasta que el experimentó sea un éxito completo. Cuando él vuelva a Misselthwaite Manor, caminaré hasta su escritorio y le diré: "Papá, aquí estoy. Soy como cualquier niño y viviré hasta llegar a hombre. Lo conseguí a través de un experimento científico".

—Creerá que está soñando —dijo Mary.

Colin enrojeció triunfante. El intentaba creer que mejoraría y ello representaba más de la mitad de la batalla. Pero lo que más lo estimulaba era imaginar el día en que se presentaría ante su padre. El que su padre lo ignorara, era una de las peores tristezas de sus pasados días.

XXIV

Déjenlos reír

Dickon, además de trabajar en el jardín secreto, cultivaba verduras para su madre en un pequeño huerto junto a la casa, con sus animales regalones. Muy temprano en la mañana y también al atardecer, hacía maravillas en su plantación. En la tarde, cuando la señora Sowerby tenía un momento libre, se sentaba sobre el muro a escuchar de su hijo las noticias del día.

Fue durante una de estas conversaciones que ella supo los últimos acontecimientos del Manor. En un comienzo su hijo sólo le contó que Colin estaba muy entusiasmado jugando en el parque. Pocos días más tarde los niños decidieron hacerla partícipe de su secreto y Dickon le relató los emocionantes momentos en que descubrieron el jardín; la amistad de Colin con Mary, luego del drama de la noche de la rabieta; la forma en que llevaron al niño al jardín secreto y de qué modo se enfrentó con Ben.

La señora Sowerby hizo muchas preguntas. Estaba encantada de escuchar que era la presencia de Mary la causa del cambio en el carácter del niño enfermo. A su vez se interesó por conocer la reacción del doctor y de los empleados ante la transformación del aspecto de Colin. Así se enteró de que los dos primos trataban de no levantar sospechas en cuanto a su recuperación.

–Me imagino lo que gozará ese par de niños al intentar engañar al doctor y a los empleados –dijo la madre de Dickon–. A esa edad les encanta actuar. Cuéntame cómo lo hacen.

Dickon contó a su madre las diarias aventuras de los dos primos. En la mañana, cuando el lacayo acarreaba a Colin hasta su silla de ruedas, el niño se hacía el desvalido rezongando que no lo trataban con cuidado. Mary seguía la actuación diciendo: "¡Pobre Colin! ¿Te duele mucho, o es que estás tan débil que no resistes tanto movimiento?". El problema eran los ataques de risa. Apenas llegaban al jardín tenían que sofocarlos entre los cojines para que nadie los escuchara. Pero la mayor dificultad consistía en que cada día se sentían más hambrientos y, como pedían más comida, los empleados empezaron a sospechar que Colin ya no era un inválido. Mary había intentado darle su parte de comida, pero él no aceptó, porque, según decía, ambos debían robustecerse juntos.

La señora Sowerby se rió mucho al escuchar el relato y de inmediato ideó la manera de ayudarlos. Cada mañana les enviaría leche con crema y pan con pasas del que comían sus hijos. Así podrían satisfacer su hambre sin que los descubrieran.

La madre de Dickon tenía razón al pensar que el actuar era una gran entretención para Colin y para Mary. La idea había nacido un día en que la enfermera y el doctor, admirados de los progresos y del apetito de Colin, propusieron escribir al señor Craven contándole las buenas nuevas.

Ante la insistencia del doctor, Colin decidió fingir que no estaba tan bien como aparentaba.

—No quiero que le escriban a mi padre —dijo—. Sería tremendo desilusionarlo si vuelvo a recaer, incluso puedo empeorar esta misma noche. Si escriben a mi padre me dará fiebre porque me estoy empezando a enojar.

—No te preocupes, muchacho —le calmó el doctor—. No escribiremos sin tu permiso. Eres demasiado sensible, no eches a perder lo que has progresado.

Desde ese día Mary y Colin se alarmaron. Al mismo tiempo planearon la forma de actuar para no ser descubiertos. Por una parte, Colin trataría de comer menos, lo que era muy difícil cuando, al despertar con apetito, lo esperaba un suculento desayuno.

Una mañana, luego de haber trabajado por dos horas, Dickon sacó de detrás del rosal un jarro de leche y panecitos envueltos en una servilleta para conservar su calor. La sorpresa produjo gran alboroto. ¡Qué maravillosas eran las ideas de la madre de Dickon! Sin duda ella era inteligente y muy buena.

—Creo que, igual que Dickon, en ella hay magia —dijo Colin—. Siempre piensa cosas buenas.

Este fue el comienzo de varios incidentes muy agradables entre los que participaban del secreto del jardín. Al mismo tiempo, los niños se dieron cuenta de que la señora Sowerby tenía catorce personas a quienes alimentar. Por eso le preguntaron si podían pagarle algunos de los alimentos.

En el bosque que lindaba con el parque, Dickon descubrió una pequeña hondonada en la cual podían construir un pequeño horno de piedras para asar papas y huevos, los que fácilmente podían comprar y así en la pequeña casa del páramo no se vería disminuida la ración de comida.

En las mañanas de buen tiempo se reunían en círculo bajo el dosel del árbol. Luego Colin caminaba, ejercicio que repetía varias veces durante la jornada. Las caminatas lo tenían cada vez más robusto y, a medida que pasaban los días, el trayecto se alargaba.

Aun cuando creía cada vez con mayor intensidad en los efectos de la magia, fue Dickon quien le enseñó los ejercicios que, a la larga, le serían de gran utilidad. El muchacho tenía un amigo que era campeón de lucha y que le había enseñado la manera de fortalecer las piernas, brazos y músculos en general. Cuando le habló de esto a Colin, el niño le preguntó con enorme entusiasmo:

–¿Me puedes enseñar esos ejercicios? ¿Lo harás?

–Por supuesto –contestó Dickon–. Sólo que mi amigo me advirtió que los ejercicios se deben hacer con cuidado y jamás cansarse. Además, hay que aspirar profundamente entre cada uno.

Lenta y cuidadosamente Dickon le enseñó varios movimientos, algunos de los cuales podía hacerlos sentado. A su vez, Mary también empezó a practicarlos. Al verlos, Soot se perturbó porque no podía ejecutarlos. Muy pronto, esta práctica formó parte de la rutina diaria y, poco a poco, pudieron ejecutar los ejercicios sin cansarse. Cada día tenían más apetito y si no hubiera sido por las provisiones que enviaba la madre de Dickon y los alimentos que asaban en el horno de piedra, no habrían podido continuar rechazando las comidas de la casa. El doctor estaba cada día más perplejo. Aparentemente los niños no comían, pero, en cambio, cada día se les veía más saludables.

Después de varios días sin haber examinado a Colin, el doctor no pudo dejar de decir al observarlo:

–Siento saber que no estás comiendo. Perderás lo ganado, aunque has mejorado de una manera impresionante. ¿Cómo es que hasta hace pocos días comías tan bien?

Al escucharlo, Mary casi se atoró de la risa. Más tarde, a solas con Colin, le explicó que al oír decir que no comía, había recordado cómo devoraba las papas y los panes con crema y mermelada.

El doctor, muy perplejo, le preguntó al ama de llaves:

–¿Hay alguna manera de que estos niños consigan comida fuera de casa?

–No, no la hay –contestó ella–. A no ser que caven la tierra o la saquen de los árboles.

–Bueno –dijo el doctor–, no debemos preocuparnos si aun no comiendo tienen buena salud. El niño es otra persona.

–También la niña –dijo la señora Medlock–. Desde que ha engordado, ha perdido la mirada agria y está empezando a verse bonita. Su pelo está creciendo con fuerza y brillante. Ella, que era sombría y callada, ahora no deja de reírse. Quizás engordan con sólo reír.

–Quizás es así –dijo el doctor–. ¡Déjenlos reír!.

XXV

La cortina

Incluso en días lluviosos, Mary y Colin encontraban algo en que entretenerse. Una mañana en que llovía torrencialmente, Colin se sintió inquieto. Ese día se vería obligado a quedarse sentado en el sofá, porque si caminaba podría ser descubierto. En esto Mary tuvo una inspiración.

—Colin —le dijo misteriosamente—, ¿sabes cuántas habitaciones hay en esta casa?

—Supongo que mil —respondió.

—Hay cerca de cien y en la mayoría no entra nadie —dijo Mary—. Un día de lluvia me introduje en varias y no me descubrieron, aunque estuve a punto de que la señora Medlock lo hiciera al detenerme en el corredor al escuchar tu llanto.

Cien piezas misteriosas parecían tan fascinantes como un jardín secreto.

—¿Qué te parece si las recorremos en mi silla de ruedas? No sabrán en dónde estamos.

—Esa era mi intención —dijo Mary—. Hay galerías en las que puedes correr y hacer tus ejercicios. Existe una sala hindú con elefantes de marfil y una cantidad de habitaciones fantásticas.

Dieron orden a la enfermera de llamar a un criado para que transportara al niño en su silla hasta la galería de retratos, a la que se llegaba por unas escalas. Luego lo despidieron y continuaron solos.

Esa mañana olvidaron los problemas de un día lluvioso. Estaban encantados y en cuanto el criado desapareció de la vista, Colin abandonó la silla. Corrieron, hicieron ejercicios, miraron retratos y encontraron el de la niñita con el loro en la mano.

—Estos deben ser mis antepasados —dijo Colin—. Y probablemente la niña del loro es mi tía bisabuela. Se parece a lo que eras cuando recién te conocí; ahora, en cambio, eres mejor que ella.

Jugaron con los elefantes y encontraron el cojín en donde el ratón había hecho su nido. Los ratoncitos habían crecido y abandonado el lugar. Descubrieron muchas cosas más que cuando Mary visitó el lugar por primera vez, algunas de las cuales no sabían para qué servían. Fue una mañana muy entretenida vagando por una casa en que, a pesar de estar habitada, no se sentía a sus moradores.

Ese día al volver para el almuerzo tenían tanto apetito que no pudieron dejar de comer. Al advertir los platos vacíos, la cocinera exclamó:

–Esta casa es misteriosa, pero aun más misteriosos son estos niños.

Esa tarde Mary notó algo nuevo en la pieza de Colin. Sin decir nada miró fijamente hacia el cuadro que colgaba de la chimenea. La cortina estaba corrida.

–Ya sé lo que me quieres decir –le dijo Colin–. Te estás preguntando por qué las cortinas están corridas. De ahora en adelante quedarán así. Ahora no me molesta que mi mamá ría. Dos noches atrás desperté con la luz de la luna. Estaba tan brillante que me levanté a mirar por la ventana. Como el resplandor caía sobre la cortina, tiré el cordón y mi mamá me miró como si estuviera encantada de verme frente a ella. Desde ahora en adelante quiero verla siempre reír. Creo que ella es una persona mágica.

–En este momento te pareces tanto a ella, que pienso si no serás su fantasma convertido en muchacho.

La idea pareció impresionar a Colin. Pensó un momento y luego contestó lentamente.

–Si yo fuera su fantasma, mi padre me querría.

–¿Quieres que él te quiera? –le preguntó Mary.

–Lo odiaba porque él no me tenía cariño. Pero si me quisiera, creo que le hablaría sobre la magia y le daría la alegría que le falta.

XXVI

¡Es mamá!

A la mañana siguiente, luego de la intensa lluvia tuvieron mucho que desmalezar, porque si bien la lluvia es beneficiosa para las flores, también lo es para las malezas. Había que sacarlas rápidamente para que sus raíces no se afirmaran en la tierra. Colin era tan diestro en esta tarea como cualquiera de los otros niños, e incluso como Ben que les ayudaba. Al mismo tiempo era capaz de hablarles seriamente.

—La magia actúa mejor cuanto más se la ayuda —les dijo—. Esta mañana la puedo sentir en mis huesos y músculos.

Dejando de lado su desmalezador, se puso de pie y con los brazos extendidos y expresión jubilosa gritó:

—¡Mary, Dickon! ¡Por favor, mírenme!

Dejando sus herramientas ellos lo miraron con detención.

—¿Recuerdan el primer día que me trajeron aquí? —les preguntó—. Hace un momento cuando cavaba lo recordé. Tuve que levantarme para convencerme de que lo que hago es real. ¡Y es real! ¡Estoy bien, he mejorado!

—¡Claro que sí! —dijo Dickon.

A pesar de que Colin lo sabía y continuamente pensaba en ello, en este preciso momento lo alcanzó una corriente de entusiasmo junto al convencimiento de que lo que le sucedía era real. Por ello quiso expresarlo en voz alta.

—¡Viviré para siempre! —gritó con fuerza—. Igual que Dickon, conoceré miles de cosas sobre las personas, las criaturas y todo aquello que crece. Siento la necesidad de dar las gracias con alegría.

—Si quiere, puede cantar un himno de acción de gracias —sugirió Ben con un gruñido seco.

—¿Qué es eso? —preguntó.

—Los que se cantan en la iglesia —dijo Dickon.

—Deben de ser muy bonitos, pero no los conozco —repuso—. He estado muy enfermo para asistir a la iglesia. ¿Por qué no cantas tú, Dickon?

Dickon sencillamente y casi por instinto natural entendía mejor que el mismo Colin lo que le sucedía. Se sacó la gorra y en medio de los rosales entonó un himno de acción de gracias al Padre, al Hijo y al Espíritu Santo.

–Es una canción preciosa –dijo Colin–, y significa lo mismo que cuando agradezco a la magia cuanto ha hecho por mí. –Se quedó un momento pensativo y continuó–: Quizás sean la misma cosa.

En ese momento Colin vio algo insólito.

–¿Quién es? –dijo rápidamente–. ¿Quién viene?

La puerta del jardín se había abierto dando paso a una señora que los escuchaba inmóvil y cuya repentina presencia no pareció indiscreta. El sol que atravesaba los árboles daba de lleno sobre su capa azul e iluminaba su encantadora y sonriente cara. Parecía salida de una ilustración de algún libro de Colin. Sus ojos bellos y afectuosos abarcaban cuanto la rodeaba.

–¡Es mamá! –gritó Dickon, corriendo a recibirla. Colin y Mary caminaron hacia ella sintiendo que el pulso les latía fuertemente. Colin le extendió la mano con timidez, mas sus ojos la devoraban con la mirada.

–Incluso estando enfermo deseaba conocerla –le dijo.

La emocionada cara del niño la hizo enrojecer y sus ojos se nublaron.

–¡Querido muchacho! –dijo temblorosa como si le hablara a su propio hijo.

–¿Le sorprende verme tan bien? –le preguntó Colin.

Puso las manos sobre los hombros del niño y le dijo:

–¡Claro que lo estoy! Eres tan parecido a tu mamá que me emocionas.

–¿Cree usted que mi papá me querrá? –le preguntó algo incómodo.

–¡Por supuesto que sí! –le contestó dándole una suave palmada en el hombro–. El debe volver cuanto antes a casa.

En ese momento el viejo jardinero se acercó a la señora Sowerby y le dijo:

–¿Qué le parecen las piernas del muchacho? Hace dos meses eran como dos palillos e incluso se decía que las tenía torcidas.

–En poco tiempo más será tan fuerte como cualquier muchacho de Yorkshire –dijo Susan, riendo–. Debemos dar gracias al Señor.

A su vez puso las manos en los hombros de Mary y, mirándola como una madre, le dijo:

—Y tú también, querida niña. Estoy segura de que te pareces a tu mamá que, según me han dicho, era muy hermosa. Cuando seas mayor serás como una bella rosa encarnada. ¡Dios te bendiga!

Mary no había tenido tiempo de pensar en el cambio de su cara, sólo sabía que se veía diferente. Ahora feliz escuchaba decir que se parecería a su madre, a quien siempre admiró.

La señora Sowerby había enviado un canasto de provisiones que Dickon sacó de su escondrijo. Se sentaron a comer, mientras la madre observaba encantada cómo devoraban su comida. Los hizo reír con sus historias e, inclusive, les enseñó nuevas palabras del dialecto de Yorkshire.

—Hay algo que me preocupa —dijo Mary—. Si Colín sigue comiendo como hasta ahora y su cara se redondea como la luna, ¿qué haremos?, ¿cómo podremos seguir ocultando la verdad?

—No tendrán que seguir actuando por mucho tiempo —dijo la señora Sowerby—. El señor Craven tendrá que volver pronto a casa. De lo contrario se le romperá el corazón al saber por otra persona de tu recuperación. Supongo que sería terrible para ti, ¿no es verdad?

—No podría soportarlo —dijo Colin—. Cada día imagino nuevas formas de decírselo, pero hasta ahora creo que lo más apropiado será correr a su habitación y comunicárselo.

—Será estupendo para él. Por eso debe volver.

Ese día también planearon una visita a la casa de Dickon. Viajarían en coche a través del páramo cubierto de brezo, conocerían a los doce niños, almorzarían al aire libre y sólo volverían cuando se cansaran.

Susan Sowerby se levantó para volver a su casa. Además era tiempo de que Colin fuera trasladado en su silla de ruedas. Antes de partir, él fijó sus ojos llenos de adoración en ella y tomando su mano le dijo:

—Usted es exactamente como la imaginaba. ¡Cómo me gustaría que fuera mi mamá así como lo es de Dickon!

Al oír esto Susan se inclinó y, atrayéndolo hacia su pecho, lo arrebujó bajo su capa como si fuera hermano de Dickon. Con los ojos húmedos le dijo:

—¡Querido muchacho! Estoy segura de que tu mamá está en este jardín, ella jamás podría abandonarlo. Tu papá volverá pronto, ya lo verás.

XXVII

En el jardín

Uno de los descubrimientos más extraordinarios de este siglo ha sido el que los pensamientos son tan poderosos como las pilas eléctricas, tan buenos como la luz y tan peligrosos como el veneno. Si permitimos que un pensamiento triste o malo se introduzca en nuestra mente es tan arriesgado como dejar que un virus se apodere de nuestro cuerpo. Si se le permite quedarse, es posible que no podamos desprendernos nunca más de él.

Mientras en la mente de Mary no hubo más que pensamientos desagradables sobre las personas que no le agradaban, nada la contentaba y tampoco se interesaba por las cosas. Era una niña de cara amarillenta, enfermiza, aburrida y desdichada. Sin embargo, sin que ella se diera cuenta las circunstancias la ayudaron. Cuando en su mente sólo hubo pensamientos para petirrojos, pequeñas casas en el páramo y extraños jardineros, todo cambió. La primavera y el jardín la hicieron renacer, y en su mente ya no hubo espacio para pensamientos desagradables.

Igualmente, mientras Colin se encerró en su dormitorio a pensar sólo en su miedo y en su debilidad, detestando a las personas que lo rodeaban y obsesionado por descubrir protuberancias o pensar en la muerte, fue un niño medio histérico e hipocondríaco. No conocía el sol ni la primavera. Tampoco suponía que podría levantarse y sanar. Cuando los nuevos pensamientos echaron fuera todos esos horribles temores, la vida renació en él. La sangre corrió por sus venas y le inundó una enorme fuerza. Su pensamiento científico no tenía nada de extraño. Era una fórmula simple y práctica de desechar a tiempo los pensamientos sin esperanzas, para dar cabida a una enorme determinación y valentía.

Al mismo tiempo que el jardín secreto renacía, y dos niños volvían a la vida junto a él, un hombre se paseaba solo por hermosos fiordos noruegos y los valles y montañas suizas. Durante diez años saturó su mente de negros y descorazonadores pensamientos, sin tener la valentía de rechazarlos. Había sido feliz, pero cuando repentinamente una enorme pena lo inundó, rehusó con obstinación toda clase de esperanza. Olvidó su hogar y desertó de él, abandonando sus deberes. Su aspecto desgraciado hacía que los extraños lo consideraran como un loco o, quizás, como alguien que tenía un secreto culpable. El era un hombre alto, de cara cansada y hombros torcidos. Su nombre era Archibald Craven.

Desde que recibiera a Mary en su escritorio, había recorrido muchos países sin detenerse en ninguno. Trepó montañas para observar cómo se iluminaban los cerros vecinos con el sol naciente; mas, a pesar de que tenía la sensación de que el mundo nacía en ese instante, esa luz jamás lo iluminó. Un día, caminando por un valle del Tirol austríaco, por primera vez en diez años se dio cuenta de que algo extraño le sucedía. Había caminado un largo trecho. Cansado, se recostó sobre el tapiz de musgo que cubría las orillas de un alegre riachuelo. En cierto momento creyó sentir una leve risa producida por el ruido del agua, en la que los pájaros acudían a enterrar sus cabecitas para beber. Todo parecía tan vivo y, al mismo tiempo, la quietud era tan profunda... El valle estaba inmóvil.

Sentado, observando el agua, Archibald Craven sintió que su mente y su cuerpo gradualmente se calmaban. Pensó que se dormiría, pero no fue así. En cambio, atisbo los cientos de pequeños brotes azules que crecían al borde del agua, semejantes a los que viera muchos años atrás. Como entonces, le parecieron preciosos. Sin darse cuenta, este pensamiento lentamente empezó a calmar su corazón junto con el valle que se aquietaba cada vez más. El no sabía qué era lo que le sucedía, sólo que al levantarse sintió como un despertar. Dio un profundo y largo suspiro, maravillado al darse cuenta de que algo ocurría dentro de él, como dejándolo libre.

—¿Qué es? —dijo calladamente, pasándose la mano por la frente—. Siento como si estuviera vivo.

No le era posible comprender por qué le había sucedido algo tan maravilloso. No tenía explicación. Sólo varios meses más tarde, estando de vuelta en Misselthwaite, recordaría ese momento al descubrir por casualidad que ese mismo día Colin, al entrar en el jardín secreto, había gritado: "Viviré por siempre jamás".

Archibald Craven conservó esta calma singular durante toda la jornada; pero, desgraciadamente, al día siguiente de nuevo lo sobrecogieron sus obscuros pensamientos. Sin embargo, por extraño que parezca, hubo minutos y hasta medias horas en que, sin que se diera cuenta, lo abandonaba su pesimismo y volvía a "vivir".

Cuando el dorado verano se transformó en otoño, se dirigió al lago Como, en donde, por fin, pudo soñar. Pasaba los días frente al azul cristalino del lago o caminaba hasta que el cansancio lo rendía, por entre el verde follaje de los cerros para así tratar de dormir mejor.

A medida que la paz del lugar cambiaba sus pensamientos, su cuerpo también se fortaleció. Recordó su casa y se preguntó si no era tiempo de volver. Pero desistió al recordar la cara marfileña de su hijo tendido en una cama.

Fue un día maravilloso; caminó hasta tan lejos que al volver a la villa la luna muy alta iluminaba el lago con sombras púrpuras y plateadas. Como el espectáculo era grandioso no entró a la villa, sino que atrajo una silla hasta el borde del agua para respirar el perfume de la noche. Se quedó dormido.

No supo en qué momento empezó a soñar, pero su sueño fue tan real que, al mismo tiempo que escuchaba el chapoteo del agua, oyó con claridad una voz que lo llamaba dulcemente:

–"¡Archie! ¡Archie!".

Tan real fue la voz que creyó que se había levantado bruscamente.

–"¡Lillias! ¡Lillias! –contestó–. ¿Dónde estás?".

–"En el jardín" –resonó la voz como si fuera una flauta dorada–. "En el jardín".

Ahí terminó el sueño, pero él no despertó.

A la mañana siguiente un sirviente le llevó una bandeja con varias cartas. Nuevamente a solas, Archibald volvió a quedarse inmóvil reflexionando sobre el sueño. "En el jardín –se dijo pensativo–. Pero la puerta está cerrada y la llave enterrada". Miró las cartas y vio que una de ellas, escrita con una letra de mujer que él no conocía, provenía de Yorkshire. La abrió.

"Estimado señor:

Soy Susan Sowerby, la que un día en el páramo se atrevió a interceder por la señorita Mary. Como en aquella ocasión, nuevamente le hablaré con franqueza. ¡Por favor, señor, vuelva cuanto antes a la casa! Creo que se alegrará de hacerlo, y excúseme, señor, pero creo que si su esposa estuviera aquí, le pediría que lo hiciera.

Su servidora.

Susan Sowerby"

El señor Craven leyó dos veces la carta recordando el sueño.

"Volveré a Misselthwaite –se dijo–. Me iré de inmediato".

Pocos días más tarde se encontraba nuevamente en Yorkshire. Durante el largo trayecto en tren pensó en su hijo como no lo había hecho hasta entonces. Todos estos años deseó olvidar que él existía. Volvieron a su memoria los días de delirio porque el niño estaba vivo y, en cambio, la madre había muerto. En ese entonces rehusó verlo, y al fin, cuando se decidió, se encontró ante un ser tan débil que todos pensaron que moriría. Pero para sorpresa de aquellos que lo cuidaban vivió, a pesar de que se suponía que sería deforme e inválido.

El no había querido ser un mal padre. Buscó para el niño doctores, enfermeras y todo el lujo que le podía dar, pero sólo pensar en el niño, que se hundía cada vez más en su miseria, lo abrumaba. La primera vez que, luego de un año de ausencia, volvió a la casa, no pudo soportar la mirada triste de esos pálidos ojos grises de negras pestañas, tan parecidos y a la vez tan diferentes a los ojos felices que él había adorado. En esa ocasión se alejó pálido como la muerte y desde ese día apenas lo visitó. Solía ir a verlo mientras dormía y lo único que sabía de él era que, además de ser inválido, tenía un temperamento histérico y que, para calmar sus furias, tan peligrosas para el propio niño, había que darle gusto en todo.

Aunque estos pensamientos no eran optimistas, este hombre, que se sentía "renacer", consideró nuevas alternativas.

"Quizás he estado equivocado todos estos años –se dijo–. Posiblemente ha pasado mucho tiempo y ahora es muy tarde."

A la vez se preguntaba por qué Susan Sowerby se había molestado en escribirle. Quizás el niño estaba peor o mortalmente enfermo, y él podría ayudarlo.

El camino a través del páramo fue muy tranquilizador; su belleza le hizo sentir como si le dieran la bienvenida. Su corazón se ensanchó de alegría, en un sentimiento muy diferente al experimentado en otras ocasiones. ¿Sería posible que el niño estuviera mejor?

Tan clara había resonado la voz durante el sueño que se prometió tratar de encontrar la llave o intentar abrir la puerta del jardín. Sentía, sin saber por qué, la imperiosa necesidad de hacerlo.

Al llegar a su casa, los empleados lo recibieron con la ceremonia acostumbrada y comentaron entre ellos que tenía mejor aspecto. Contra su costumbre, no subió directamente a sus aposentos, sino que envió por la señora Medlock. Ella entró en la biblioteca excitada y nerviosa.

–¿Cómo está Colin? –le preguntó.

–Muy bien, señor –contestó el ama–, pero no es el mismo.

–¿Se encuentra peor?

–Verá, señor –trató de explicarle–, ni el doctor ni la enfermera saben qué pensar de él. Ha cambiado mucho. El, que no comía nada, repentinamente comenzó a hacerlo en grandes cantidades y ahora nuevamente devuelve las comidas sin tocar. Por otra parte, no sé si recuerda, señor, que jamás permitía que lo sacaran al parque. Sin embargo, luego de una de las peores rabietas que le he escuchado, insistió en salir con la señorita Mary y el hijo de Susan, quien le empuja la silla. Se ha encariñado mucho con ambos y pasan todo el día fuera de casa.

–¿Qué aspecto tiene? –fue la próxima pregunta.

–Si comiera como debe, diría que ha engordado, pero me temo que es sólo hinchazón. Además, cuando está a solas con la señorita Mary se ríe en forma extraña y antes jamás lo hacía.

–¿En dónde se encuentra ahora? –preguntó el señor Craven.

–En el jardín, señor. Pasa los días allí y no permite que nadie se acerque; tiene miedo de que lo miren.

Hizo un esfuerzo para pensar en dónde se encontraba y, sin más, el señor Craven salió rumbo al murallón cubierto de hiedra. Iba caminando lentamente y con la vista fija en el suelo, como si lo empujaran hacia el lugar prohibido por él. Al llegar junto a la puerta, sus pasos se acortaron. A pesar de estar cubierta por la enredadera, la recordaba con nitidez. Se detuvo y miró a su alrededor. En ese preciso momento pensó si no estaría soñando nuevamente. Tras el muro se escuchaba ruido de pisadas que se perseguían entre los árboles y el sonido de voces y exclamaciones apagadas. Parecía la risa incontrolable de gente joven tratando de no ser oída. ¿Qué significaba todo esto? ¿Estaría perdiendo la razón?

Llegó un momento en que las voces olvidaron callarse y los pies corrieron aun más rápido cerca de la puerta del jardín. Se escuchaba la rápida respiración de gente joven, unida a fuertes risas no contenidas. En ese momento la puerta se abrió, se balanceó la cortina de hiedra y un niño salió corriendo a todo escape. Sin ver al intruso, se precipitó entre sus brazos. El señor Craven al verlo extendió sus brazos para no caer ante esta tromba, Luego, al sujetarlo, lo miró tan sorprendido que se le cortó la respiración. Era un niño alto y buen mozo. Con el pelo echado hacia atrás lo miraba con sus sonrientes ojos sombreados de largas pestañas.

–¿Qué? ¿Quién? –tartamudeó.

Esta no era la clase de encuentro planeado por Colin, pero quizás el haber salido corriendo y ganando una carrera, era aun mejor que todo lo imaginado por él.

–¡Papá! –dijo–, soy Colin. No lo puedes creer, ¿verdad? Yo casi no lo creo, pero soy Colin.

El niño no entendía por qué su padre repetía una y otra vez:

–¡En el jardín! ¡En el jardín!

–Sí –se adelantó Colin–, fue el jardín que lo logró; también Mary, Dickon, los animalitos y la magia. Nadie lo sabe. Lo mantuvimos en secreto hasta tu llegada. Estoy tan bien que incluso puedo ganarle a Mary en una carrera. Seré un atleta.

Se le veía como el más saludable de los niños. Con la cara enrojecida, estaba tan excitado que las palabras se le atropellaban. Al oírlo el señor Craven se estremeció de alegría.

Colin puso su mano en el brazo de su padre.

—¿Estás contento, papá? —le preguntó—. Viviré por siempre jamás.

El señor Craven puso sus manos sobre los hombros del niño manteniéndolo quieto. Por un momento, no se atrevió a hablar.

—¡Llévame al jardín, hijo! —dijo al fin—. ¡Cuéntame lo que ha pasado!

Y entonces lo condujeron al jardín.

El lugar era un conjunto esplendoroso de colores otoñales con gavillas de lirios de variadas tonalidades. El recordaba muy bien el momento en que los habían plantado, esperando esta época para que revelaran su color. Rosas tardías trepaban y colgaban y el obscuro sol daba mayor intensidad al amarillo de los árboles. Parecía la bóveda de un templo dorado. El recién llegado se detuvo silencioso mirando a su alrededor.

—Pensé que estaría muerto —dijo.

—También Mary lo pensó —contestó Colín—, pero renació.

Colin de pie quiso contar la historia, mientras los demás se sentaron bajo el árbol a escucharlo. Archibald Craven pensó que era una extraña historia aquella que le fue relatada a la manera de los niños, con una mezcla de misterio, magia, criaturas, encuentros y la llegada de la primavera. También le hablaron del orgullo herido del joven, que como un raja se había levantado para desafiar a Ben, la actuación y el gran secreto celosamente guardado. El señor Craven se rió hasta cansarse, pero también sus ojos se humedecieron. El atleta, el orador y el descubridor científico, era un joven saludable y encantador.

—Y ahora —dijo al finalizar su historia—, ya no será necesario que sea un secreto. Creo que se asustarán de muerte cuando me vean, pero nunca más volveré a la silla. Caminaré a la casa contigo, papá.

Los deberes de Ben raramente lo acercaban a la casa, pero en esta ocasión buscó un pretexto para llegar hasta las cocinas y entrar al salón de los empleados a beber un vaso de cerveza. El quería estar presente en el más dramático de los momentos que esa generación iba a presenciar.

Como la señora Medlock sabía que Ben venía del jardín, trató de averiguar detalles del encuentro de su amo con el niño.

—¿Vio a alguno de ellos? —le preguntó.

—Sí, claro que los vi —contestó con expresión significativa.

—¿Vienen juntos? —le preguntó la señora Medlock muy excitada—. ¿Qué se dijeron?

—No los escuché —dijo Ben—. Pero han estado ocurriendo cosas muy extrañas que ustedes no sospechan. Ya las sabrán.

Dos minutos más tarde apuntó solemnemente hacia la ventana.

—¡Mire! —le dijo—. ¿No le parece curioso? Mire quién camina a través del prado.

Al mirar, la señora Medlock levantó los brazos y dio un pequeño chillido, ante el cual los sirvientes que la rodeaban se acercaron para mirar también. Los ojos casi se les salieron de las órbitas.Caminando por el prado, radiante de felicidad, venía un señor Craven desconocido para la mayoría de los empleados. A su lado, Colin, con la cabeza en alto y los ojos llenos de risa, avanzaba fuerte y firmemente, como cualquier niño de Yorkshire.

9 789373 686301

Printed at Repro India Ltd.